蔡澜旅行食记 2

蔡澜 / 著

青岛出版集团 | 青岛出版社

图书在版编目（CIP）数据

蔡澜旅行食记.2/蔡澜著.—青岛：青岛出版社，2020.10
ISBN 978-7-5552-9335-4

Ⅰ.①蔡… Ⅱ.①蔡… Ⅲ.①随笔–作品集–中国–当代 Ⅳ.①I267.1

中国版本图书馆CIP数据核字（2020）第146033号

书　　名	**蔡澜旅行食记2** Cai Lan Lüxing Shi Ji 2
著　　者	蔡　澜
出版发行	青岛出版社
社　　址	青岛市海尔路182号（266061）
本社网址	http://www.qdpub.com
邮购电话	0532-68068091
策划编辑	贺　林
责任编辑	贾华杰
特约编辑	宋总业
插　　画	苏美璐
版式设计	严春艳
封面设计	蒋　晴
照　　排	青岛乐喜力科技发展有限公司
印　　刷	青岛海蓝印刷有限责任公司
出版日期	2020年10月第1版　2025年2月第2次印刷
开　　本	32开（889毫米×1194毫米）
印　　张	7.5
字　　数	130千
书　　号	ISBN 978-7-5552-9335-4
定　　价	59.00元

编校印装质量服务电话　　4006532017　0532-68068050

目录

蔡澜的私房深度游

中国的布达佩斯——武汉	2
人生必到马尔代夫	18
越南、柬埔寨、泰国之旅	26
顶级榴梿团	43
伦敦经典购物之旅	50
葡萄牙之旅	60

旅行中的快乐

去哪里？	78
旅游宝藏新潟	83
駅弁	89
百去不厌	95
欢乐墨西哥	101
法国大餐	107
玫瑰大门	112
悠游成都	115
小杨生煎包	119
荔枝之旅	121
澳门大仓酒店	124
甘棠烧鹅	130
莆田	135

镛镛	140
飞行等级	145
外卖经	150
亚洲东方快车	155
"海浪号"火车	160
经典	165

美食的环球之旅

酱萝卜	168
菇	173
韩菜风潮	179
面痴谈面	184
虾米	190
跳出框框	196
天下米饭	201
内脏万岁	207
猪油万岁	211

有亲友,味更浓

大班楼的欢宴	214
重游台北(上)	219
重游台北(下)	224
韩国欢宴	230

蔡澜的私房深度游

中国的布达佩斯——武汉

布达和佩斯是两个城市,像布达佩斯一样,武汉曾由汉口、武昌和汉阳三个地方组成,是湖北省的省会。

先搞清楚地理环境:香港上面是广东,广东上面是湖南;隔洞庭湖,南边的叫湖南,北边的就是湖北了。

从赤鱲角出发到武汉,要飞行一小时五十分钟。有的航空公司一星期只有一班飞机,我只有乘中国南方航空的,每日一班,十一点五十分起飞,下午一点四十分抵达,回来的是早上九点起飞。

这次是为了公干去的。本来可以当天去翌日返,但那样太没意思了,花钱多,也不值得,所以我争取早一天走,至少可以看看武汉到底是怎么一回事儿。

武汉古代是兵家必争之地,昔时属楚国,发展到近代,那里也有武昌的起义。

武汉面临长江,汉水由此地经过。汉口和武昌要经桥梁才能互通,武汉长江大桥是一大建设,当今更有许多新的桥梁架上。

武昌之名始于汉末三国初，孙权为了和刘备争夺荆州，于公元二二一年从南京移都鄂城，武昌是取武治而昌之意。

汉阳在汉水之北、龟山之南，多日照之地称阳，故名汉阳。

汉口则是汉水的出口。

今天，汉口发展成繁华的商业区，武昌则是高等学府、科研院密集的文化区，而汉阳是著名的工业区。

武汉机场靠近汉口，从那里到市中心只要三十分钟左右，并不远。我们这次也将下榻汉口，时间不多，不能去游览名胜古城荆州和赤壁，更走不到闻名的武当山和长江三峡，一切活动集中于市区。

凡是去未去过的地方，我总抱有一份兴奋的心情，印象是好是坏，是到达后的事。

打卡一：名胜

"武汉有什么地方最值得看？"助手徐燕华问前来迎接的司机。

这家伙很有个性，不卑不亢，无论问他什么，答案总是非常简洁："黄鹤楼、归元禅寺、东湖和武汉博物馆，如此而已。"

我们从汉口经过长江大桥，抵达闻名的黄鹤楼，观后感触甚多。此楼非彼楼，是在一九八五年重建落成的，不能让人发怀古之幽思。

归元禅寺离黄鹤楼不远，建于清朝顺治十五年，已有三百多年的历史，比现在的黄鹤楼古老。它能保留完整，靠一位方丈——昌明法师。昌明法师至今尚活于人间，是位书法家，寺中的匾联都是他的手笔。寺中另辟一个部门专卖他的作品，我有收集《心经》书法作品的嗜好，看到他写的一册，包装盒子甚大，要卖三百多块人民币，也即刻买下。为了不加重行李，只拿了书，盒子留下。盒子精美，《心经》却印刷得甚为简陋，替寺添些香油，也不在乎了。

罗汉堂中摆了五百尊塑像，我们可从工匠技巧的角度来观赏。它是先用泥塑了，缠上布，再把泥冲走制成的。塑像本身很轻，据说还能浮，闹水灾时难民曾抱它逃生。

罗汉塑像也替寺庙带来不少财富。参拜者见到一尊喜欢的，就从它数起，数到第一百尊，记下号码，到堂外买一张信用卡般的塑料片，那上面写着运程。每张卡片十元，生意兴隆。

武汉博物馆很大，但空空洞洞的，古物不多。至于东湖，和西湖一比，就名不见经传了，但湖北人觉得它更美。你是什么地方人，就说什么地方好，是必然的。还是医肚实在，我问司机："武汉什么东西最好吃？"

打卡二：艳阳天

司机不懂得吃，摇头不答。回到酒店，遇见和我拍档做宣传的主持人，他叫谈笑。

谈笑君是当地的名嘴，为人风趣，拥有自己的饮食节目，很成功。他姓谈，名笑，注定吃这碗饭。他带我去一间叫"艳阳天"的餐厅。

好家伙，四层楼的建筑坐满了人。楼顶很高，甚有气派，装修大方典雅，一点也不俗气。进入大厅还有另一个大厅，厅中有厅。平均每桌十人，全楼能摆三百桌。

老板余震彦才不过三十出头，不多言笑，说起话来有一份稳重和自信。

"一天能做多少轮？"我问。

"三轮吧！"他回答得谦虚。哪只三轮？就算三百桌做三轮，九百桌，每桌消费一千块，一天也有九十万元的生意，不得了。

吃些什么？谈笑兄点的都是最地道的湖北菜——沔阳三蒸、豆渣粑江鲢等等，当然少不了湖北最著名的武昌鱼。

武昌鱼做法很多，有金鼎海参武昌鱼、铁锅烹武昌鱼、风干武昌鱼、卤水烧武昌鱼和葱烧武昌鱼等，我们要了最基本的古法清蒸的。

武昌鱼肚子上有十二对半的长骨，其他地区也有冒牌的武昌鱼，它们的长骨就有多有少了。武昌鱼的传统做法都要把骨头从肉中分出来，露给你数一数。

试了一口，鱼肚肥膏甘甜，全无泥味，果然精彩，结果多要一尾。

印象深刻的是风味炒米酒，将刚发酵出酒的新鲜酒糟和蛋白一块炒。酒糟带甜，这道菜只要加点盐就能上桌，我牢牢记住，改天自己做给朋友吃。

湖北的鱼丸也做得非常特别，看多少人吃而定鱼的重量，现叫现做。把鱼肉刮起，即刻灼熟入汤，新鲜美味。

艳阳天
地址：武汉市硚口区解放大道 185 号
电话：027-83779688

打卡三：楚老宋

去过艳阳天后，我问谈笑兄："你今晚要带我到多少个地方？"

他屈指一算："五个。"

"肚子里有四个胃。"我说，"照杀（编者注：粤语，照做不误）！"

"先去吃竹床菜。"他说。

"什么叫'竹床菜'？"我问。

谈笑兄解释："武汉湖多，到了夏天，阳光蒸发湖水，水汽笼罩整个都市，使它像一个巨大的桑拿浴室。从前的武汉人都把竹床摆在街边，谈天、睡觉一块儿进行，也在竹床上吃东西，所做的家常菜就叫'竹床菜'。"

汉口的"外滩"，像上海的一样，有多座西洋建筑，楚老宋就开在其中一栋里。

我们一行三个人，叫了竹床藕丝、炝炒莴苣丝、火爆茄子、酸豆角酱牛肉、青椒酱肉、驴肉鲜豆腐、毛豆米炒牛肚、农家一碗香、梅子肉烩鲜菌等等。

其中的火爆茄子，的确火爆：把茄子切丝，烧得烂熟，香味扑鼻。这道菜全靠火候，可以想象那锅油一定滚烫，茄子一爆即刻捞起，下点酱料再炒，已是道完美的菜。

酸豆角酱牛肉也很精彩。湖北菜中，酸豆角是很重要的食材。把豆角腌得发酸，再切成细粒，能配搭任何肉类和蔬菜。

青椒酱肉也很好吃。通常我对青椒的兴趣不大，吃后肚中总留下一股浓重的味道，打起噎（编者注：打噎，粤语，打嗝儿）来颇难闻。但这家人的青椒和茄子一样，也是猛火爆过，只剩香甜。

今晚的菜，酱用得特别多。原来老宋的父亲是做酱园的，老宋从小学习，所以对用酱特别讲究，做出与众不同的酱味菜来。

看菜单，一大碟竹床藕丝只不过卖七块，材料便宜是真的，但手工难道不花本钱吗？埋单，一桌菜，七十五块而已。

楚老宋
地址：武汉市沿江大道 138 号
电话：027-82857778

打卡四：烤柴鱼

"已经去了两个地方，第三个呢？"我问武汉友人谈笑兄。

"这就是我们出名的烤柴鱼。柴鱼吃大量水草，破坏自然，

蔡澜的私房深度游

我们吃它,天公地道。"

什么叫"柴鱼"?走近一看,原来就是广东人叫"生鱼",煲来给病人进补的那一种。柴鱼身有斑纹,头似蛇,故洋名亦称snakehead。

小贩们把柴鱼劏(编者注:粤语,宰杀,剖开)了,也不洗,用布抹干,穿两支铁叉,就那么在炭上烤起来。

等待的时候由其他档口(编者注:粤语,摊子)买了一煲炖汤,食材是黄豆和猪尾。湖北人和广东人一样,是喜欢喝汤的。中国其他地方的人没有这种习惯,不懂得欣赏,尤其是江浙人,像倪匡兄,一看到八爪鱼干煲莲藕的紫红色汤,就大叫颜色暧昧,不去碰它。

再吃几碟小食后,柴鱼已烤好,被拿到桌上来。所谓桌,比普通的矮一半,椅子也是,和澳门红砖头街市后面的大排档摆的一样。我们坐了下来,有点像小孩子在玩泥沙。

试了一口柴鱼,肉相当粗糙。至于味道,用了孜然调之。孜然这种香料通常用在串烧羊肉上,新疆小贩在各地都卖这种东西。

加孜然大概是由中东传来的吃法。

孜然的香味，个性很强，爱上了无它不欢，讨厌的觉得太古怪，闻到即刻作呕。

我对孜然并不抗拒，也不是特别喜欢，就是想不到它也能用在河鲜或海产上。

才十几块人民币。吃得饱了。

"下一个地方呢？"我问。

谈笑兄说："到汉口最出名的吉庆街。"

打卡五：吉庆街

武汉的吉庆街，在全国是独特的。

一条长街上挤满人群和店铺。未到达以前，我们先听到音乐。

这里有各种乐器：琵琶、二胡、洞箫、西洋风琴、萨克斯风等等。也就是钢琴搬不过来，不然街边表演的艺人也会用上。

每一个档口都有人来拉客，谈笑兄带我们到他相熟的面档坐下，叫了些小食。我胃里实在没地方装了，也胡乱地各试一口，味道极为普通，但来这儿的客人，不是为了吃。

一对对的小姑娘前来招徕,以为我们是台湾客,拼命要唱《绿岛小夜曲》给我们听。

小女孩样子机灵,乐器又玩得纯熟,要在这里找女子十二乐坊,绝对是易事。

其中歌喉极佳的不乏其人,好好包装,就是几十队 Twins 了。唉,同人不同命。

"听个湖北大鼓吧。"老板推荐。

唱大鼓的老人中气和表情十足,自称上过中央电视台和凤凰卫视的节目,问我们要听什么段子,每段二十块钱。

我选了《怕老婆》和《酒鬼》这两段题材最通俗的,湖北口音也能听得懂。笑话并不好笑,但不苛求。

接着一对中年男女来表演,又吹笙,又打筋斗,又扮跛子。那个笙你吹一口我吹一下,不怕传染伤寒吗?还好,原来是一对夫妇。

这一类的传统表演都是代代相传的。街头艺人老了,就找个伶俐的小孩来教,许多基本功若不是从小练就,长大了就难培养。看这对中年人,应该是在二十世纪六七十年代偷偷地学回技艺来的，能留到当今表演，使技艺不毁于断层，觉得庆幸。

另一方面，表演者脸上的笑并非真正的笑容，露天的舞台到底不是演艺厅或电视台，他们也得不到欧美街头艺人能得到的尊重，替他们感到一阵阵的悲哀。

走出吉庆街，谈笑兄说最后还要去吃鸭脖子，就是鸭颈了。湖北人对吃鸭颈十分有兴趣，之前我到一间超级市场买矿泉水，见食物部有很多摊子卖鸭脖子。鹅、鸭的颈项无时无刻不摆动，这部分的肉最好吃，他们懂得，可见饮食文化水平是高的。湖北菜简称鄂菜，是中国十大菜系之一，不能小看。

我说再也吃不下了，谈笑兄坚持去买，塞了一袋子鸭脖子给我，说酱了的可以放个几天不坏，随时拿出来啃。

回酒店倒头大睡。四月初的武汉有二十六七度，房间颇热，酒店虽是五星级也没有冷气，问过才知空调要到四月十五日才开。

打卡六：早餐

早睡早起，凌晨三点起身写稿。前一晚吃得太饱，但东西不油腻，到了七点钟肚子已饿，听谈笑兄的介绍，我跑去吃湖北最典型的早餐——牛肉粉。

所谓牛肉粉，粉比河粉更为坚硬，牛肉很少，一碗几小方片，下大量的辣椒调味，整碗东西颜色鲜红。店很小，有许多人排队，我请助手帮忙，自己跑去看还有什么其他东西吃。

街头有些小贩卖粢饭，糯米饭团中包白糖，夹了根油条，再撒上雪里蕻，味道又甜又咸，但配合得好。

接着买了些油饼、小云吞、十个锅贴、三个生煎包，都只是一块钱一份。

牛肉粉上桌，这家人出名之故，一碗要卖到四块钱。湖北人觉得的辣，对我们这种出生在南洋的人来讲是小儿科。店中也卖绿豆水让客人解辣，我要了一碗，只喝了一口。

湖北牛肉粉的汤汁和台湾牛肉面的很接近，两者都又油又辣。台湾牛肉面下了很多牛肉，价钱也要贵上十倍了。

其实一条粢饭、一碗云吞汤，两块钱，已比吃辣牛肉粉美味。

打卡七：三五醇

和艳阳天一样庞大的三五醇酒店是湖北人所谓的高档次餐厅。听说那里已经加入了粤菜、沪菜和川菜，不太正宗，但名气大，还是一试，中午就到那吃，最多不叫外省化的菜而已。

　　吃到鳜鱼,清蒸的,不错。鳜鱼算是淡水鱼中骨头少的,肉也细,但没武昌鱼那么肥,到了湖北,是必试之鱼。

　　其他要了碗仔青椒,做得也很好,青椒入味,功夫是和竹床菜一样,用一大锅油烈火炸了再炒的。

见有东山羊,也要了一客,红烧的,毫无羊味。

别的菜除了贵,没留下什么印象。

三五醇

地址:武汉市新华下路245号

电话:027-85774678

打卡八:福盛酒店

晚上到福盛酒店,非常精彩。

当地人一提到福盛,总要加上一个"老"字。老福盛的东西很地道,不过太辣,他们不肯为了客人喜欢淡薄而迎合。据说他们生意快要做不下去了,大家要去就赶紧去吧。

先要了一个红油猪血。好家伙,整碗通红的东西上桌,除了猪血之外就是辣、辣、辣,但吃进口,猪血香甜,味道甚有层次,绝对不是一个"辣"字那么简单。

龙井腰花吃不出什么茶来。碟底铺的芫荽足足有一斤重,以量伤人,加上麻辣,这碟腰花是我吃过的做法最佳之一。

凉拌毛豆是把毛豆煮熟后再浸入麻辣酱中的冷盘,比单单焓熟的更能下酒。

红烧牛掌一拿出来先声夺人，一个大碟子装着整只两尺（编者注：市制长度单位，1尺合1/3米）长的牛蹄。牛蹄肉已去掉，剩下筋和皮，烧得软熟，用筷子也能分开，包你大赞。

福盛酒店
地址：武汉市二曜路1号
电话：027-82832886

去武汉，不看黄鹤楼也罢，鄂菜一定要好好欣赏。

人生必到马尔代夫

为什么要去马尔代夫（Maldives）？

第一，这里快要被淹没，再不到此一游，恐怕以后没机会，但是这可能是五十年后的事。第二，世界上剩下的那么干净的海，恐怕也只在塔希提岛和马尔代夫了，其他一些偏僻的小岛也许也有清澈见底的浅海，但从酒店设施的角度来看，马尔代夫还是首选。

抵达马尔代夫

先搞清地理环境，怎么由中国香港去马尔代夫？我们这回搭乘的是马来西亚航空的航班，先由赤鱲角飞吉隆坡，三个半小时。再由吉隆坡飞马尔代夫最大的一个岛，英文叫 Male（编者注：英语，马累）的。

其实马尔代夫是根据澳大利亚或新西兰等国的土音甚重的人对它的称呼做的音译，当地人不那么发音，叫为"马尔蒂夫"才是正宗。

简陋的机场中，海关人员见我填的表格上只写了四季酒店，问我道："是哪一家？Kuda Huraa（编者注：英语，库达呼拉岛）

还是Landaa Giraavaru(编者注：英语，兰达吉拉瓦鲁岛)？"得写明，不能纠缠不清。

在行李检查处，一位带威士忌的团友被扣住了。原来马尔蒂夫禁止喝酒。不过海关也不贪心，不没收，给了一张收条，威士忌等你走时可以取回。

从机场出来，一阵清风，三月的天气还算好，不太炎热。大岛马累没有什么可看，走几步就到码头，一艘四季酒店的大游艇在等着我们。浪不大，三十分钟后抵达目的地Kuda Huraa。

从天空望下，马尔蒂夫像一个感叹号（！），由一千一百九十多个岛组成一竖，下面的一点是另一个较大的岛。

马尔蒂夫的酒店建在岛上，一个岛一间。马尔蒂夫和中国香港有三个钟的时差，但四季酒店为了给客人多享受阳光，将时差缩短了一个钟：中国香港的十点，是这里的八点。我们抵埗（编者注：粤语，到达）时已是深夜，胡乱吃了一顿，翌日再仔细看。

海的颜色

一大早起身，对着落地玻璃窗写稿，最初望到的是一片漆黑，接着开始有点形象，分出海洋的深蓝和天空的浅蓝。

云透出黄金的镶边,那是太阳升出的地方吧?

金云扩大,一下子被染成红色。罕见的像大鸭蛋似的太阳跳了出来,起初连着海面,接着断掉。

海变成红色,只是很短暂的几分钟,再下去又完全变掉。原来海是可以有四种颜色的:在最前方的是白色,远一点是翡翠,再过去是碧绿,最后的蓝,蓝得像不存在于这个世上,而只出现在发狂画家的油彩板上。

来到马尔蒂夫,看到这个海,已不虚此行。

怎么海就在脚下?那是游泳池,没有隔边的设计把它和海接连起来。

酒店工作人员起身比我还早,已用竹耙将昨夜被冲上沙滩的杂物扫得干干净净。

这些景色令我着迷,接着的那几日,我每天都在同个时候望天看海。情景大致一样,有时下着小雨,但太阳一出就停了。有时也刮起风,卷起浪,但印度洋没有像太平洋的台风那样的"强风",吹的是柔和季节风,这种风有个俗气的外号,叫"贸易风",不如英文的 monsoon(编者注:英语,季风)好听。

一排排旅店房间建在浅海中,是从马尔蒂夫开始有这种设计的。住在那里的人可以一下子跳入海中游泳,但半夜强流经过,睡得也并不安宁。

我们入住的岛上,各间房屋都有私人沙滩可以享受,是另一层次。整个岛很平坦,用白沙压扁而建,树木留下,只是白与绿二色。

这里有好几个餐厅,吃的是西餐、印度菜和几种中菜。师傅有些是马来西亚华人,工作人员亦是,粤语沟通无问题。

但是马尔蒂夫到底是一个靠近斯里兰卡和印度的国家,我会推荐大家吃印度菜,最为正宗,意大利菜不太像样。

人生必到的小岛

马尔蒂夫的四季酒店有四十九间别墅,管理人员则有四百人。养活四百个家庭不易,这么算,不会觉得房费太贵。况且一切食物和饮品都要由邻国输入,岛上仅可以自己发电和淡化海水。

游泳是主要的活动,不怕被巨浪吞噬吗?在小岛周围游泳是绝对安全的,原因在于海浪打在远处,被一团珊瑚礁挡住,酒店的周围等于是一个巨大无比的游泳池。

其他的活动有乘游艇出海看海豚。海豚们已把游艇当成卡拉OK,艇中播出音乐时,它们就在你身边跳舞。

还有划玻璃底的小船或者滑浪等等。晕船的人可在岛上上瑜伽班,或者向大厨学习烧几味菜。游戏室中有桌球可打,《大富翁》任借,但好雀战的朋友最好自己带牌。岛上还有一个大图书馆,里面也有各种电影的DVD可借用，每间房都有机器可放映。岛上，是不愁寂寞的。

当今，所有高级酒店或度假村，没有了spa（编者注：英语，水疗）好像说不过去。去这里的要先乘一只小艇，几分钟，到一个水疗岛去。

一间间的小室，里面设着按摩床，客人俯卧。床下面开着一个玻璃窗口，客人可以看到不会咬人的小鲨鱼游过。

按摩当然有好几种，泰式的、印度式的、巴厘式的等等，但是去到任何水疗室，都一定得雇当地的按摩师。马尔蒂夫的按摩综合了印度和马来西亚技巧，是种新经历，但是如果享受过泰国的服务，其他任何地方的都不会让你满足。

酒店经理叫Sanjiv Hulugalle（编者注：胡凯利），年轻英俊，迷倒不少欧洲游客。他亲自招呼打点，有什么投诉，即刻更正。

四天三夜的旅程很快过去，我们将飞吉隆坡，大吃中国菜去。

值得吗？值得吗？我不停地问周围的友人。大家的答案几乎一致："再也不必去次等的小岛海滩。在死之前来一次马尔蒂夫，是值得的。"

Male

Male 是马尔蒂夫的首都，也是其诸岛中最大的一个。我们游马尔蒂夫，非经它不可。

先正名：Male，英文发音成"米尔"，是男性的意思，当地人把这个单词分开成两个来读，变成 ma 和 le。

ma 易读，叫成"马"，没问题。后面的那个 le，内地人将它翻成"累"，其他地方的华人叫"利"，都不对。le 应照法文发音，近于"叻"和"勒"，但都不像。与其称 Male 为"马累"，我认为还是干脆叫"马厉"好了。

整个马尔蒂夫的人口有三十七万左右，马厉的占了三分之一。从空中望下，马厉的房屋密密麻麻的，多是平楼。

岛上最大的一栋建筑物应是警察局，高墙，防御森严。旅客一举相机，即遭当地人阻止。这里代表了权威，是不准摄影的。

人们凭一般印象，都以为马尔蒂夫的机场设于马厉，其实机场是在马厉对面的另一个小岛上。那里其他什么都没有，只有机场和码头，从那里，我们才能抵达各个酒店。

我们这回有几个小时的空闲，可以登马厉岛一游。岛上居民多是印度人后裔，默然地望着我们，胆小的团友说："怎么一个个都像恐怖分子？"

我不同意这句话。我也能够理解岛民的心情，他们对游客又爱又恨，爱的是游客带来经济收入，恨的是这群人又来破坏天然的环境。

在一家有长远历史的木造咖啡店坐下，喝了杯半暖不热的饮料后，就往购物街走，我们这些人，不是玩就是买。但选择也不多，当地人从前不需要靠土产来维生，想象力一点也不丰富，商品又不够原始，让人买不下手。

到最好的泰国菜馆 Sala Thai 吃顿饭，换一下口味。原来这家菜馆是个流落在这岛上的德国人开的，东西当然不正宗，但好过吃烧烤。

饭后在最大的 Holiday Inn（编者注：英语，假日酒店）休息，那里竟然有喷水冲厕的设备，相当进步。

再次走去望海，真是蓝得太美。某天，马尔蒂夫沉没了下去，我们这些人类被海浪当垃圾冲掉，回归自然，也是好事。

越南、柬埔寨、泰国之旅

这次由好友邀请，乘他的私人飞机，从澳门出发走一趟越南、柬埔寨和泰国。顺着飞，去每一个地方都不出六十分钟，非常舒适，归途由清莱返澳门，也只是两小时。

飞机是法国制造的飞鹰，可坐十个人，再加上两位机师和一位空姐。第一天我发了个微博，好友曾希邦问："空姐美吗？"我笑说只有一名，无选择。其实，还是漂亮的。

第一站：岘港

第一站是岘港，英文名为 Da Nang，"岘"这个字念成"现代"的"现"。以前的西贡，也就是当今的胡志明市，以及河内我都去过，岘港这个越南的第三大城市我还是第一趟到。入住一个度假村，一座座的独立屋都是二层楼，有花园、小浴池及厨房，可惜我们没时间煮食。这里环境算是不错的了。

打卡一：会安

落脚后先去附近的会安，这个以产燕窝出名的小镇还是落后，没有什么看头。不见燕窝店，只有一家卖沉香的，一小串佛珠要一千二百美金，珠粒小得可怜，不值得。我想现在也不会买到什么好的燕窝了，当年家母在世，早上喜吃一碗，由我长期供应，我买呀买，买到成为专家。当年的确是会安产的燕窝最好，一两可发出八两来，不像泰国、印度尼西亚的，一两只发出五六两。会安的又带香味，很值得买给老人家吃。在中国香港买的也比较有保证，到文咸东街的永安泰购入可也。

到一家庭院式的餐厅吃中饭，这种庭院式餐厅的经营方式当今很流行。餐厅中布置了小桥流水，摆了一些真假古董，外国游客认为，这很当地化。

东西当然不过不失，价格昂贵罢了。走了进去，就不能要求太高，很后悔听了导游的话，自己没有做研究。

打卡二：Com Nieu

翌日，其他人打高尔夫球去，我们到岘港城区中找吃的。这次已经做了很详细的资料搜集，走遍全市，居然发现了一家，试了前所未尝的越南菜。

餐厅叫Com Nieu，地方很宽敞，有两层楼。我们坐了下来，侍者听得懂几句英文，我说你有什么拿手的，就拿来好了，不必说价钱。

不到一会儿，侍者捧出一盘东西，是五六个像沙田柚般大的小陶钵，里面装的白米饭都是用这些小陶钵装着生米和水，在火炉中烤出来的，香喷喷的。友人说，这时候来个红烧肉就太好了。

果然，另外的陶钵中就有这道菜，将汁淋在饭上，其他佳肴不去吃也不要紧了。

"有饭焦更好！"

这么说的时候，侍者又捧来一个个的陶钵，真人表演，一只手把热烘烘的陶钵抛向空中，另一只手拿着一个锤子，就那么在空中把陶钵敲破，碎片落得满地都是，露出的是一个球，原来它整个表面都是饭焦。要这样在陶钵中焗出，饭焦才会更多。

把饭焦团打开，里面的白饭虽较硬，但也是非常之美味。侍者另端上一碗碗的热汤，有鸡的，有鱼的，怕饭焦太硬的话，就将它浸在汤中，当成饭焦泡饭，我们每人又各吃三大碗。

其他的有炒蔬菜，加咸鱼炒的，还有炸鱿鱼、白切鸡、糖醋牛肉等等，已经数不清，记得最清楚的，只有白饭和饭焦。

再隔一天，我们又去了，叫的菜更多，单单为这一顿饭去岘港也值回票价。Com Nieu 是喜爱越南菜的朋友不容错过的一家餐厅。

Com Nieu
地址：K254/2, Hoang Dieu St., Da Nang

打卡三：越南粉和小食档

在同一条街上，与 Com Nieu 相隔几间，另有一间叫 MOI 的卖越南粉的店。和一般的牛肉河粉不同，这家的越南粉加的是肉丸和一大块猪排，汤很清，很斯文。同店经营的茶馆就在旁边，也值得去喝那杯浓得可粘住茶匙的越南咖啡。

MOI
地址：158, Nguyen Tri Phuong, Da Nang

其他越南河粉也非试不可。这家叫 Mi Quang 的所做的粉就与 MOI 的大有分别，一点也不斯文，很有野性，汤很少、很浓。整家店只卖加牛肉和鸡，以及两种都加（叫为"特别的"）的河粉，非常之地道，地方也不是一般爱干净的客人接受得了的。

Mi Quang

地址：1A Hai Phong, Da Nang

岘港的菜市场也可以逛逛，蔬菜、水果、肉类齐全，但品种不及胡志明市的槟城菜市丰富。小食档也多，如果有时间长住，就可以一档档去试，可惜我们这回只能打一转算数（编者注：粤语，算了，作罢）。

在街边的食档和咖啡店可以看到一个现象，那就是大家喜欢很矮的椅桌，而且像巴黎一样，都是朝着街坐的，也许是受到法国人的影响。

打卡四：古城顺化

到了岘港，也不能不顺道去古城顺化（HUE）。顺化这个名字经常在关于越南战争的报道中出现。当年战争打得惨烈，整个岘港和顺化差点被美国的炸弹夷为平地，好在还留下了越南故宫。越南故宫有"小紫禁城"之称，规模当然比不上中国故宫，但也能让人看到旧时越南皇帝的奢侈。城中建满一间间的后宫，当年都是佳丽居住的。

这里的庙宇和其他古建筑深受中国文化影响，但始终有点妖气。法国人初到这里，以为中国就是这样的，留下许多画，古怪得很。

顺化出名的食物是顺化粉，我们去了所谓最好的一家，叫CHINH HIEU 的，就在越南故宫附近，大家吃过都说没什么了不起，还没有墨尔本维多利亚城的勇记的汤好喝。

中秋

折回岘港，适逢中秋，月亮在外国也不是那么好看。到一家中国餐厅去，东西一塌糊涂，自己决定的，不能怪当地人。拿出从香港带去的月饼，加上一瓶SPRINGBANK（编者注：英语，云顶）苏格兰威士忌，在雪莉酒桶中酿造了二十四年的——在一九六六年开始酿，一九九〇年入瓶，酒精度六十一点二巴仙（编者注：东南亚一带的华人用语，由英语的percent音译而来，普通话称为"百分之"），再加一瓶麦卡伦二十五年的Anniversary Malt，喝得不省人事，月亮愈看愈大了。

第二站：吴哥窟

乘私人飞机从岘港直飞暹粒（Siam Reap），不到一小时，暹粒是最靠近吴哥窟的一个城市。

打卡一：Amansara 酒店

从前都要从曼谷或万象转机，很麻烦，当今游览吴哥窟的人都直飞此地了。这是我第四次游吴哥，第一回是流浪，第二回由查先生请客，第三回带旅行团到，这次已经没有什么新鲜感，但入住 Amansara（编者注：英语，安缦萨拉）酒店则为首次。

一下飞机即看到两辆奔驰古董车来迎接，气派非凡。酒店很隐蔽，被四周的围墙包住，无微不至的服务人员前来相迎。因为只有十多个房间，我上几趟来都订不到。这是一座由刚去世的西哈努克亲王的别墅改造的建筑，它在二十世纪五六十年代看起来非常之新派——鱼缸摆在房中间，这一设计当今已被其他酒店纷纷抄袭，但是在 Aman（编者注：英语，安缦）这一名牌的管理之下，酒店气派仍存，是一般的美国式五星级酒店模仿不到的。

打卡二：古迹

吴哥的行程也由酒店安排好，他们什么语言的导游都有。我们分了两部车，导游是一个英语的、一个粤语的，水准甚高，带去的途径和一般旅客的逆着。我们翌日一早五点多出发，之前吃一顿丰富的早餐，食物有西式的，有柬埔寨式的，然后摸黑去吴哥窟，这时天气很凉，人们不会出汗。

什么地点看到的日出最美,导游清清楚楚,我们不必和人群挤,优哉游哉地走遍了吴哥窟几个最值得去的景点。

如果你对吴哥窟一点印象都没有的话,来之前最好读元朝使节周达观写的《真腊风土记》这本书,他在感叹皇宫的宏伟、寺庙的金碧辉煌之余,还记录了当地民生,说:"地苦炎热,每日非数次洗澡则不可过……每家须有一池,否则两三家合一池,不分男女,皆裸形入浴……会聚于河者动以千数,虽府第妇女亦预焉,略不以为耻……"

古代的城壕当今还在,想象大家当年在这里出浴,亦甚有趣味,从石墙上的塑像可见妇女们的身材都是娟好的。城内有许多巨塔和石阶,我上几次来都见有人爬上去,后来出了事,跌死了几个游客,当今已禁止了。

我对皇宫的兴趣并不大,喜欢的是寺庙中的古木,只有在热带地方才能长出那么高大、那么粗的树。这回重游,我像见到老朋友一般,在一棵棵的树下拍了照片留念,当我走后,它们继续生长。那天在网上惊闻镛记的甘健成兄去世的消息,我就把其中一棵命名为"甘树",来纪念这位老友。

不知道这些树的名字，有人说是菩提，有人说是吉贝棉，也有人叫它们为"空澜树"。它们生命力顽强，种子落于墙边或缝隙中便四处伸展。我爱看的倒是耸立的，不喜欢把石像纠缠的、像蛇的那种。

进入吴哥城南门之后，到处可以见到神像。最值得看的是巴扬寺，里面的石像头大得不得了，都是根据阇耶跋摩七世的样子雕出来的，特征是每个石像都在微笑，这是吴哥窟之行给我留下的最深刻的印象。

打卡三：Sugar Palm

十月本是雨季，从前当地人都劝大家别来，因为一下雨，地上泥泞，就会令行人狼狈不堪。当今路已清理好，雨也好像被世界上的天气异变搞得没那么厉害，在雨季游吴哥天气较为清凉，舒服得多。觉得舒服也是因为酒店服务良好吧？上下车时司机必递上冰凉的毛巾，我放在颈后，热气一扫而空。

酒店的饮食经理是一位从香港来的小姐，人长得漂亮，我向她说："如果没有介绍一个好吃的地方，我写文章时就不提你长得好看了。"

果然,她没有推荐错。她带我们来到一个住家式的庭院,叫 Sugar Palm。主人是一个新西兰人,娶了当地的妇女,开设了这么一家又可以住客又可以饮食的场所。也因为英国大厨 Gordon Ramsay(编者注:英语,戈登·拉姆齐)在这里向女主人学过厨艺,这里名声大噪起来。

最典型的柬埔寨菜汤叫 Samlor Kako,是用酸子、南姜和大树菠萝的青果实,加香茅、芫荽、小茄子、鱼露等来熬的清汤,当然也下了一些蔗糖,喝起来也很香甜,带一点点的酸,很刺激胃口。用这些配料,再加虾、鸡肉、牛肉,就会起各种的变化。

蔬菜方面多是灼一灼熟,和其他生吃的加在一起,用盘装住,旁边放一碗酱料,蘸着吃。我发现他们也很爱吃苦瓜和笋,还有南洋人常用的香蕉花,这倒是在香港罕见的。

另外的菜多得不得了,一定吃不完。在又是客厅又是厨房的浮脚楼中进食过后,便可以爬上楼到卧房去,躲进蚊帐里睡个午觉。这里也可以待客,住上一两天没有问题。

折回酒店，做一个按摩。晚餐丰富得很。在柬埔寨这四天三夜很快地就过去，快活快活，就是活得快嘛。

第三站：金三角四季酒店

最后一站，主要是入住金三角四季酒店。这家酒店听闻已久，一直没机会去，这次乘私人飞机，经岘港、暹粒，直飞到最靠近它的清莱机场，都是顺道而游。

森林旅馆

也只有四季这个集团才肯花这么多功夫，在湄公河上的绿洲森林中开辟那么一座旅馆，想在森林中住几天，又过得舒服的旅客别无他选。

从机场乘车，约一个半小时，抵达一个小码头，那里故意不装修开发，经一条森林小径，才看得到。

每位客人必须穿上救生衣才能上船。靠强力马达，像一支水中利剑的小艇直往酒店奔去。在湄公河上，导游指着："这是泰国，那是老挝，另一边是越南。"

经过十五分钟左右,看到半山中的一座建筑物,甚有气派,那是迎宾屋。服务人员奉上冰冷的毛巾、一杯精致的饮品,饮品有酒精与无酒精的任选,之后就得走路了。

帐幕房间

爬上阶梯就是一间饭堂,旁边已有吉普车候驾,坐上,再走数分钟,另有一间更豪华的餐厅,酒店招待人员说这是吃早餐的地方。

在这里分派房间钥匙,房间还得走数分钟才到。所谓的房间,其实是一个个的帐幕,半永久性的。整间旅馆只有十五间房。

房间门口点着蚊香,预防蚊子在打开门时乘虚而入。室内一切布置与大自然融合。当然,最先看到的是张大床,屋顶吊着风扇,再下来就是个大蚊帐。浴缸亦摆在中间,像用巨大的象牙雕出来的,下面以银质的金属包围。花洒和卫生间以透明塑胶和防蚊纱隔着,要拉开大条的拉链才能进出。

天气一热,冲凉泡浴的设施就最为重要。那巨大的森林花洒水力很强,打开来真像下大雨。走出大阳台,又有一个耶古斋浴池,水面上漂着玫瑰花瓣。

蚊香、防蚊水、叮后膏应有尽有地供应,森林中最令人讨厌的就是蚊子,这里让你放心。

矿泉水、酒和其他各类饮品,以及送(编者注:粤语,一边儿是菜肴、小吃,一边儿是主食或酒,两者搭配着吃或喝)酒小吃和热带水果摆满,住进这家酒店四天,一切都是任食任饮的。什么都有吗?不,不,不设的是电视机,不让你看。

酒足饭饱

傍晚，经过一条摇摇晃晃的吊桥，走下山坡，就有一个什么酒都有的酒吧，那里摆放的大玻璃瓶中装着各种坚果和葡萄干，还有侍者另奉上各类精致的小吃。在这里，友善的酒保为你调制各类自创的鸡尾酒，有道叫"鸦片"的，深褐色，甜甜酸酸的，酒劲强烈。喝了几种，问有没有更特别的。酒保点头："'大麻'。"

真的有这种饮品吗？也不是，酒保调出深绿色的酒来，在另一容器中放上一堆干的鼠尾草，然后用喷火器点燃，发出焦味，聊胜于无。

我走到柜台后，取出湄公牌泰国威士忌，沟（编者注：粤语，掺和）青椰汁，说："这是我独创的鸡尾酒'湄公河少女'，你试试看。"

酒保大叫美味，问我可不可以给他们配方，我说请便。不过湄公牌威士忌再也不生产，用别的威士忌调不出同样的味道，此酒已成绝响了。

遇到两位法国女子，是研究野象的专家，即刻问她们亚洲象和非洲象有什么不同。她们说前者前脚有三趾、后脚有四趾，后者前四后五。

看日落，那永远是那么美。再去到餐厅，已准备了丰富的泰式美食供选择，西餐当然也供应，有辣的，有不辣的，还可以特别关照厨房，做你想吃的。

饭后走上斜坡，有一个藏酒室，便宜的酒任饮，陈年佳酿得另付钱，但各种芝士是免费的。

酒足饭饱，回房，关上门，开始下雨，滴滴答答的雨水落在屋顶的营帐帆布上，特别催眠。

不会闷

一早，看完日出，折回酒店，已有两只象在恭候，是训练出来的，服务人员让我们拿香蕉和木瓜喂它们。象会听几句泰国话，叫举鼻就举鼻，叫坐就坐，更有趣的，是养象人一唱催眠曲，它们即刻睡着。

早餐比晚餐丰富，发现那里的牛肉河粉汤，比在越南吃的更美味，只逊勇记一筹而已。

可以骑象了，换上酒店供应的蓝粗布长裤，不然双腿内侧被象毛擦破，就不好了。有些象听话，有些不听，就得看运气。当你骑得兴起，驯象师向象叫一声"bazooka"（导弹炮）时，象就会用鼻吸了水向你喷，虽淋湿一身，也大乐。

其他活动包括参观皇太后开的鸦片博物馆、骑驴子看瀑布、观察雨林生态等等，总之你以为在一个没有电视的森林中会闷，是错的。

休息一会儿了，酒店还提供免费的按摩服务，但走到 spa 得有一段路。我们走到气喘时，看到一块牌子，写着"YOU ARE ALMOST THERE"（快到了）。再走到累得不能再行时，又有一块，写着"DON'T GIVE UP"（别放弃），然后就看到一间间茅屋，就是水疗室。按摩师服务一流，先问你要不要重一点，你点头他才开始。做到一半我已睡去。

住酒店，有时是为了睡一晚，有时是一种经历。

四季酒店

网址：http://www.fourseasons.com

顶级榴梿团

携程旅行社找我合作,说去哪里随便我。我一想到当今是榴梿成熟的季节,就决定了去马来西亚。行程和团费一公布,我也认为团费有点高了,但中国富豪极多,也不会有人觉得怎么样吧。

结果参加的只有十六个人,这倒轻松得多,吃饭时弄一个大圆桌,大家交谈起来也方便。团友们都是知道价值而不惜金钱的人,斯斯文文的,聊得不亦乐乎。

第一天:E&O 酒店、天天鱼餐厅

团友们由五湖四海飞到槟城集合,下榻我最喜欢的 E&O 酒店。这家是"亚洲三大贵妇"之一,其余两家为新加坡的莱佛士和曼谷的文华东方,它们都是昔时贵族、文豪和明星的首选。

我被安排入住 Rudyard Kipling(编者注:英语,鲁德亚德·吉卜林)套房。Rudyard Kipling 的作品 *The Jungle Book*(编者注:英语,《丛林之书》)我从小读起,对我的写作生涯影响极深,我永远达不到他的水平,能住一住他住过的房间,也算是缘分。

酒店花园有棵双人合抱的大树,老友曾希邦和我一起在树旁拍过照片,我不免流连徘徊一番。当今他人已离去,树还在。

晚上去一家叫"天天鱼"的餐厅吃海鲜。老板兼大厨的年轻人 Steve（编者注：英语，史蒂夫）是我上回来槟城时认识的，现在已拥有几间大餐厅。我们也不必老远地跑到极乐寺附近的天天鱼老店，新餐厅就开在市中心，从我们的酒店过去只要十分钟左右。大吃 Steve 煮的海鲜，什么都有，鱼虾蟹一盘又一盘，大家吃得饱饱的回房睡觉。

第二天：黑刺榴梿、忘不了鱼

第二天进入戏肉（编者注：粤语，一出戏或一场电影里最精彩的场面，戏眼），到老友苏建兴的榴梿园去。他搬出来市上量极少的黑刺榴梿，而且是八十年和四十年的两种老树的，是榴梿之中的路易十三和 XO（编者注：英语，extra old 的缩写，表示白兰地的规格"特陈"）。果实肉厚、味浓，黑刺长得圆圆满满的，不像猫山王那么歪歪扯扯、果实少，一棵黑刺榴梿树至少有二十多个果实。一般人吃上一个已饱，我们冲着榴梿来，吃个不停，一人至少吃上三四个。苏建兴又拿出其他标青（编者注：粤语，拔尖儿，超群，出色）的品种来，像 D24、D101、D197，都是老树长出的。大家几乎尝遍所有最好的，都说今后不会再回头去吃泰国榴梿了。

其实泰国的和大马的榴梿的最大不同在于，前者是未熟时从树上摘下，等至闻到果实香味才吃的；马来西亚的是树上熟，掉下来的，最新鲜味浓，并非泰国的可比。

跟着，苏建兴要我命名他接枝的新品种，我叫它为"抱抱榴梿"，要等到五六年后才能吃出是什么味道了。

中饭就在园中的马来大宅旁边进食，由马来大厨烤出各种沙嗲和炒出小菜。我最欣赏用发酵过的榴梿制成的酱蒸出来的各类菜式,简直可以用"惊艳"二字形容。

晚上苏建兴从婆罗洲运来一尾十几斤重的野生忘不了鱼,这种鱼市面上要卖到三万多元港币了,鱼鳞巨大,每一片鳞下面都粘着鱼油,肉质香甜无比。我告诉大家上次和倪匡兄吃这种鱼时的故事,他老人家说张爱玲最爱鲥鱼,但天下恨事为鲥鱼多骨,这尾忘不了,比鲥鱼还鲜,又没骨。

第三天:南下怡保、吉隆坡

第三天南下怡保,吃沙河粉。怡保水质最佳,故美人多。印象深的是那里不只河粉又滑又嫩,所长的豆芽也肥肥胖胖的,不吃到你不会相信,那是天下最美味的豆芽。

到了吉隆坡,大家赶着时间去购物,我走进 Paragon 中心的 British India 买几件新衣。这家人用的麻布最为高级,都可自己水洗,而且愈洗愈漂亮,价钱虽贵,也比欧洲名牌便宜许多,很值得买,多年来我一直买个不停。

晚上的菜有野生甲鱼、山鹿肉等等,大家赞不绝口。

第四天:有机榴梿园

我们在市中心的丽思卡尔顿住了一夜,第四天精神饱满,行程进入高潮,到离吉隆坡不远的榴梿园去吃猫山王。这是一个叫"松岩"的庄园。马来西亚华人藏龙卧虎,极懂得享受。有一位叫郑志根的,在一座高山山头建立了一个有机榴梿园,那里山明水秀,环境非常幽美。山头有他的私人别墅,另外有多间独立建筑用来招待客人。

山中本来就有的榴梿老树都保留了下来,这些本来就是野生的,新种的更是没有用人工肥料或施杀虫剂,结果后榴梿的果实有三分之一被果子狸或果蝠吃去,有些剩下一半的被拿来给我们享受,特别香甜,动物的确比人类会吃。

而且,榴梿分等级,长在平地的最低级,半山腰的较高,山顶上的才是完美的。那里的都是我们吃过的榴梿之中最香、肉最厚、核最小的,我们十六个团友吃了四十公斤,还没加上已改种、味道不同的大树菠萝和红色肥蕉。各种释迦长出角来,也是从来没尝过的,带点酸,喜吃甜的人可以蘸当地的蜂蜜。当地的蜂蜜包你没在别处试过,那是从一种不会刺人的蜜蜂的蜂巢中取出来的。

郑志根先生叫我下回来住几天。山上清凉,一点也不热,又没有蚊子,可以考虑。他还叫我为一棵新品种的猫山王榴梿改名,我命名为"抱猫树"。

最后一顿晚餐，步行三分钟到丽思卡尔顿酒店附近的餐厅去，那里的大厨兼老板的名字叫什么我忘了，大家都称他为"大鼻师傅"，因为他鼻子特别大。他是吉隆坡做中菜做得最好的师傅，第一道拿出来的汤就令团友折服，那是用胡椒粒清炖出来的野山椒猪脚汤。

第五天：东南亚小吃

翌日早上去新峰吃肉骨茶，老板是老友，拿了很多他种的"竹脚"品种的榴梿，我们已大饱，还吃个不停。

中饭又到杨肃斌开的十号胡同，吃各种东南亚小吃后才上飞机。

这一团没有一个人嫌贵，都说物有所值。自己来，出再多钱，也没有办法那么多品种的榴梿一块吃到，还有，最重要的是得到那么多人的热情招呼和尊敬。

如大家有兴趣，可联络地接的苹果旅游，尊贵外地团的高级经理叫廖秉晟，电邮是 iholidays002@gmail.com。

蔡澜微语

2018-7-13　08:01

品种之多,数之不清,包括超过四十年的老树,果实醇美如白兰地的路易十三,也有虫吃过的,最香、最甜,虫儿当然比人类聪明。

2018-7-13　08:09

还有路边小贩的野生原始榴梿及其他热带水果,如刀形的香蕉等等。

伦敦经典购物之旅

去伦敦,最大的乐趣在于购物。巴黎、米兰名牌店林立,何必到伦敦?一般人都那么对我说,但是我买的东西,并非服装或手袋。

打卡一:James Smith & Sons

这次,我到 James Smith & Sons(编者注:英语,詹姆士·史密斯伞店)去,这家保持维多利亚年代风格的老店,始创于一八三〇年,专卖雨伞和拐杖。英国阴沉沉,雨伞是必需的,而最好的雨伞当然是 James Smith & Sons 的制品,他们的生意可以一直做下去。

手杖直至一九二〇年都是绅士必备品,等于服装的一部分。当今已不流行,但拥有一根又细又坚固的手杖是我多年来的愿望。

一走进去,整间店都布满这两种东西,看起来杂乱无章,但又有条不紊。无论你要买什么样的,皆齐全,手杖的分类还有城市用的、乡村用的、银手把的,还有拉开就是一张小椅子的,最贵的一根要两三万元港币。

听说，一个美国顾客豪气地向店员说："英国有什么木头，就每一种给我做一根好了。"结果，这个人收到七十根手杖。

好玩的手杖木中挖洞，可以从中倒出五粒骰子来。野餐时忘记带开瓶器吗？不怕不怕，扭开了手把就是一个。要喝烈酒吗？杖中藏的是长管玻璃瓶子，有的一节一个，扭开螺丝就可以取出五六个装着威士忌的瓶子。

这是家族生意，史密斯的后代惋惜地说："以前我们做的手杖还能拔出一把长剑来，当今禁止了。"

老店的维修一流，买后有问题可以拿回去修理，记得写上英国制品就是：Of British manufacture and my own property being returned to the UK for repair.（编者注：英语，英国制造的我自己的财产被送回英国修理。）但是手杖上没有商标，怎么认呢？他们自豪地道："是不是我们做的，一看就知道。"

James Smith & Sons
地址：53 New Oxford Street, London WC1A 1BL
电话：(0) 20-78364731
网址：www.james-smith.co.uk

> **蔡澜微语**
> 2015-3-4　07:39
> 手杖是绅士的饰物。

打卡二：TRUEFITT & HILL

绅士每天用的东西，除了牙刷之外，就是剃须工具了。如果你想享受最好的，那么我推荐你到 TRUEFITT & HILL（编者注：英语，特洛菲特）去。

剃须工具大约分成这几类：剃刀、须后水、须后膏、肥皂、肥皂刷、肥皂盒、毛刷等等。

在窗口你就可以看到林林总总的刷子，刷头用雪貂颈项的毛发制成，要多柔软有多柔软。当然，这家创立于一八〇五年的老店卖的刷子不脱毛。

手柄以黑檀木制成。虽然英国人骂别人不保护动物，但自己也用象牙手柄的毛刷，银质的和兽角的也有。

我上次去，买了一根旅行用的，像大粒的干电池，扭开壳后露出貂皮刷，盖子一按，就当成手柄，方便到极点。

剃刀呢？店员叹息，当今已经没有雄赳赳的男子用真正的剃刀了。

你要买的话，店里当然也有，不过多数是老人牌的和美国人制的安全剃刀，刀片从一片到七片不等。

男人粗心，不仔细刮的话，在鼻下总有细毛。这时，有一把最古老的扭开装刀片的小剃刀，像把迷你锄头，可以帮你解决问题。

剪胡子的小剪刀当然也齐全，但是店员笑着说："何必呢？我发现日本制造的那把样子像仙鹤的，最好用。"

店面的后头，是一间小型理发店，我曾经在这里刮过一生人（编者注：粤语，一辈子）之中最干净的一次胡子，那里最贵的服务叫 ultimate grooming experience（编者注：英语，终极美容体验），要一百四十英镑，合两千元港币。

TRUEFITT & HILL
地址：71 St James's Street, London SW1A 1PH
电话：（0）20-74938496
电邮：info@truefittandhill.co.uk

打卡三：James Lock & Co.

东方人不太戴帽子，那是因为我们的脸圆又扁，洋人不同，他们的脸长，有顶帽子遮去一截才好看。许多人那么说。

我不同意，我觉得是信心问题。有信心的话，身上穿什么、头上戴什么都感到舒服，人一感到舒服，自然好看。

在二十世纪三四十年代，中国人不是也跟着流行戴帽子的吗？刘琼头上的帽子就有型有款。日本人至今都戴，也不碍眼。我爱帽子，也很喜欢看女人戴帽子，但帽子款式要多，不然戴上去会像在遮住没洗的头发。

如果要找一顶适合自己的帽子，那最好到伦敦的James Lock & Co.（编者注：英语，詹姆士·洛克）。多年前我去拍电视节目时，店员拿出一顶插满钉子、像血滴子一样的器具，原来是用来量你的头的大小的，尺寸对了，就可以制造一顶你自己喜欢的帽子。

现陈的货物齐全，也不都是英国制造的。冬天的绒帽来自意大利，夏日的草帽来自巴拿马，但都是极品，一顶由数千到数万元港币不等。

Lock 一六七六年创业，世界上的王侯公爵、绅士名流都知道，最好的帽子只能在 Lock 找到，也就是这个声誉让它不被流行淘汰。

一年一度的竞马大赛上，淑女们的帽子也多数来自这家公司。你可以自己设计，无论设计成怎么一个古怪的样子和颜色，他们都会帮你做出来。

如果帽子被雨淋湿，怎么处理？店里忠告顾客别去擦它，也不必日晒，让帽子自然风干就是。他们做的有一层天然材料的油，可以保护帽子。

材料不用人工纤维，帽子会缩点水也说不定，店里有一个叫 Hat Jack 的机器，会帮你把帽子还原，但要加大就不可能了。

James Lock & Co.

地址：6 St James's Street, London SW1A 1EF

电话：（0）20-79308874

网址：www.lockhatters.co.uk

打卡四：BERRY BROS. & RUDD

也不必我多加介绍，喜欢喝酒的人都知道伦敦有家最古老的酒铺，叫 BERRY BROS. & RUDD。里面什么名牌酒都齐全，世界上的名人绅士集中于此，连诗人拜伦也是它的顾客。

老店不只做酒的零售生意,还可以帮助客人一批批购入,存放在他们的酒库中随时可取,或者协助顾客买酒花,当成股票那么经营。

当然,试酒活动经常举行,他们还有专门的课程,教导初尝红、白餐酒的人如何分析酒的好坏。

他们也很积极,在一九九四年开了世界上第一个网上买酒的机制,任何人在地球上的任何一个角落,都可以在网上走进他们的模拟酒库,找自己心目中的酒。

酒库计划让客人买刚刚酿出来的酒,等到适当的年份才去喝。或者,你可以从最基本的一个月一百英镑的计划开始,五年之后,你投资的六千英镑虽然只是一个小数目,但是你在酒上的盈利可以翻倍又翻倍,数目是惊人的。当然,买到年份不佳的酒,升值就没那么快了。

不但通过计算机买卖,当今他们在手机上也有个app(编者注:英语,application 的简称,应用程序),让你每天在手机上就能得到最新的资料。

另外,他们有一个 Wine Club(编者注:英语,葡萄酒俱乐部)计划,可以把酒送到你府上去,这当然是要你住在伦敦才行。但是这家公司看准了中国市场,在香港铜锣湾的利园和中环登喜路也设了分公司，方便大家来购买或投资。

最古老的酒铺，用最新的科技，抱最大的野心。

BERRY BROS. & RUDD

地址：3 St James's Street, London SW1A 1EG

网址：www.bbr.com

蔡澜微语

2014-12-6　23:22

手杖和帽子，需要时用皆可怜；当品味，又是一个层次。

葡萄牙之旅

这回和友人夫妇及他们的公子从罗马到葡萄牙去。

里斯本

在欧洲,飞行三小时算是长的了,好在葡萄牙首都里斯本的机场离市中心只有几公里,比过往的启德离香港市中心还要近,我们一下子抵达旅馆。

里斯本不是一个发达的旅游城市,就有那么一个好处——机场不需要远移,不像东京那个大都会,机场到市中心车程起码一小时,我每回听到成田,心中就发毛。

葡萄牙一向是一个少人想去的地方,去欧洲的游客也只是到那里歇脚而已,中国香港或中国澳门也没有直飞航班,旅行团的广告也少见。

但是一到达才知道这个国家的多姿多彩。最先入眼的是房子,外墙多由彩色瓷砖铺上,彩色瓷砖要是只有几片的话,就不起眼,但一栋一栋的房子上蓝、黄、红、绿组成不同图案,就引人入胜了。

如果有位摄影家把里斯本市内房子的瓷砖都拍下来，集成一册，那亦可成为一本极有艺术性的书籍。

和罗马一样，里斯本整个城市被七座山包围。不同的是，里斯本的房屋都建筑在山中，山顶上有一条直路通到海边，数里（编者注：市制长度单位，1里合500米）长，一望无际。

里斯本几乎到处都可望海，在一边，有座大桥。咦？看起来怎么和旧金山的金门大桥一样？原来是同一家美国公司设计的，但它比金门大桥长得多，又分两层，上面行汽车，底层火车经过。

桥的另一方，站立着高入云顶的耶稣像，令人想起里约的那一座，也回忆起葡萄牙人的光辉年代。巴西曾是他们的殖民地，当地人到现在还用葡萄牙语。

葡萄牙语由拉丁语变化而来，甚为深奥，懂得讲葡萄牙语就会说西班牙话了，相反却不行。但是游客都拥进西班牙，就是不到它的邻居那里。两个国家相比，葡萄牙人没有西班牙人热情，比较拘谨，葡萄牙在文化与经济上也相对落后。

但是葡萄牙人在海上抢劫的年代获得的财富显示在种种建筑中，不去葡萄牙看看，会感到可惜。

食

Doca Paixe

我们入住的酒店叫 Lapa Palace,在里斯本再也找不到一间更好的了吧?

酒店建于一八七〇年,由皇宫改造,一切设备完善,是一九九二年重新装修的。

放下行李后,我们驱车到海边的餐厅,一整排有十多家,选了最好的 Doca Paixe。

走进里面,看到水箱中的龙虾和大蟹,以及冰上的各种鱼和贝壳类,我们饿得差点将它们生吞活剥。葡萄牙海产丰富,不必靠饲养,在这里吃到的都是从深海抓的,最为鲜甜。

老板不会说英语,我们和他指手画脚,说明各种不同的做法,他似乎一一领解。

见架上有一只葡萄牙的黑猪生火腿,也要了一客来和西班牙的比较,虽不及,但也够香。酒和西班牙人喝的一样,叫sangria(编者注:英语,桑格里厄汽酒),但这里分红的和白的,我们二者都要了一大壶,里面水果下得多,酒劲也较强,很浓,比西班牙的好喝得多。

大蟹当造（编者注：粤语，当季），像法国的，很肥，但只吃它的膏，肉是不碰的，老板用手势那么说明。

生蚝鲜美得不得了，肉的外层是绿色的，这与别的地方的不同。海鲜盘和碎冰上另有一种小螃蟹，才是吃肉的品种。

鱼有好几道，一种像大眼鸡的身上全红，二英尺（编者注：英美制长度单位，1英尺合0.3048米）多长，又肥大，吃起来肉质细腻，有如日本的 kinki（编者注：日语罗马字，喜知次鱼）。

另外有尾叫不出名字的大鱼，只吃它的鱼头。做法有两种，一是白焓，一是淋上葡萄牙酱汁，我还是喜欢前者，原汁原味。

友人叫了一客马加休。来了葡萄牙不吃马加休怎行？但老板解释马加休就是鳘鱼（cod），今人称之为"银鳕鱼"，多为挪威进口。一听到是输入货，反正有其他那么多当地海鲜，我试了一口就放下刀叉。

波特酒屋

友人来过葡萄牙无数次，是识途老马，带我去波特酒屋 Solar do Vinho do Porto。

葡萄牙文的 solar 是巨宅的意思，这座由著名德国建筑家

Johann Friedrich Ludwig（编者注：德语，约翰·弗里德里希·路德维希）盖的大厦就在市中心，很容易找到。

大厦底层改建为一个酒吧，藏有六千种波特酒，由红宝石颜色的新酒到琥珀色的老酒，任君选择，并卖火腿和芝士等小食送酒。客人可将波特酒一支支买来喝，或用小杯试各种不同的。

老远来到，一定喝年份远一点的。而葡萄牙波特酒当中，最流行的是 TAYLOR（编者注：葡萄牙语，泰勒），已被英国人买去。我们的首选叫 BURMESTER（编者注：葡萄牙语，布尔梅斯特）。

从二十年的喝到四十年的，酒的颜色和味道已接近白兰地，甜的部分都已蒸发，绝对不腻。喝了才知道为什么老饕会那么迷恋，这简直是仙人的饮品嘛！

火腿没西班牙黑猪的那么软熟，但也很香。芝士可是比法国人做得好，我们点了一种圆形的，外层较硬，不吃，只尝其中像浓液的软芝士，要用茶匙来舀，香到极点。

店里装修高贵，友人说："从前破落一点，但更大众化，许多年轻人都挤到这里谈天喝酒。装修后环境幽静。气氛不同，各有各的好处。"

波特酒从十块钱港币一杯,到两百五十块一杯,丰俭由人。酒保们态度悠闲,也不在乎你喝的是什么年份的,大概是打政府工的缘故。

我在橱窗中看到一样东西,前所未见。那是一把铁打的钳子,像把剪草的大剪刀,最前端由两个半圆形的钳头组成,到底是做什么用的?

酒保解释:"因为有些酒太老了,樽(编者注:粤语,瓶子)塞一拔即烂。将这把铁钳在火上烧红,夹住樽颈,再淋冷水,切口就断开,又平又滑。"

上了一课,买一把回来当纪念品,挂在墙上,考考饮酒专家也好。

葡国餐

我们去中国澳门吃葡国餐,来来去去都是那几样,种类不到葡萄牙当地的百分之一。

著名的烤沙丁鱼,在中国澳门也都是用的冷冻的鱼。去了葡萄牙,才尝到烤的刚从海中捕捉回来的沙丁鱼。它们全身是油,甘香到极点,我一下子可吃十几条,面不改色,味道完全不一样嘛!

先从汤讲起，最典型的有 Sopa de Pedra，石头汤的意思。传说这种汤是一个乞丐和尚发明的，汤料有大量的蔬菜和肉类，加上无数的香料熬成，每家人做的都不同。

Caldo verde 是另一种著名的汤，在中国澳门罕见，用和尚鱼把汤熬得漆黑。

Sopa de Castanhas Piladas 是用核桃、豆类和米煮出来的素菜汤。

Sopa a Alentejana 用面包垫底，将大蒜、芫荽和橄榄油一起熬后淋上，最后加一个煎蛋。

Gaspacho 通常是冷喝的，用大蒜熬西红柿为汤，上面撒着青瓜、灯笼椒的碎片。

葡萄牙人不像意大利人，喝完汤后还要来意粉或米饭，他们多是即刻进入主菜。在中国澳门吃到的大煮烩有些材料很硬，但葡萄牙当地的都已经软熟，而且是干捞上桌、不连汤汁的，其中有火腿、鸡肉、猪肉、两种香肠、一大块牛肉、薯仔、椰菜，加一团米饭。

Feijoada 是煮腰豆和咸肉。

Rojoes 是用香料熬猪肉，加大量的红酒和大蒜，碟旁摆两块柠檬来代替醋。

Truta de Barroso 是把火腿塞进鳟鱼肚内，再用培根的油来煎。

Salmonete grelhado 是烤红衫鱼，配薯仔和腌制过的青瓜片。

以为葡国餐中只有马加休，就大错特错。像马加休一样，葡萄牙的甜品之中也不止一种葡挞，芝士的种类更是无数。

其他国食

葡国挞，葡萄牙文叫 Pasteis de Nata，由奶油和鸡蛋制成。另一种用芝士和肉桂粉制成的，叫作 Queijadas de Sintra。

像挞又像蛋糕的叫 Toucinho do Ceu，是用猪油烤的，葡萄牙文名的意思是"天上降下来的培根肥猪肉"。

有种圆形的、中间像乳头的甜饼，叫 Papos de Anjo，意思是"天使的胸部"。

Torta de Viana 是海绵式的甜蛋卷。

其他甜品有 Arroz Doce，是种米做的蛋布丁，加上柠檬皮和香草的。

Queifada 是芝士蛋糕。

说到芝士,葡萄牙的种类可真多。切成一片片的白色的羊奶芝士叫 Nisa,黄色的叫 Evora。Monte 则是牛奶沟羊奶的芝士。

最好吃又最贵的,当然是 Serra（编者注：葡萄牙语,塞拉）了,产自 Serra da Estrela（编者注：葡萄牙语,埃什特雷拉山）的山区,用羊奶制成。据称在冬天,家庭主妇还要用双手来抱着它,以防过冻。做这种芝士的都是小厂,不大量生产,但冒牌的不少,要在有信用的食品店中购买,才不会受欺骗。

至于火腿,葡萄牙的软的不如意大利庞马,硬的比不上西班牙的黑蹄猪,但葡萄牙也有吃栎树的果实长大的猪,用它的肉做出来的 Presunto Pata Negra 还是可口的,最出名的是来自 Lamego（编者注：葡萄牙语,拉梅戈）的火腿,售价不贵。到餐厅去,架子上一定有只火腿,要求葡萄牙货则找不到,食肆以摆有西班牙火腿为荣。

但香肠很有特色,在葡萄牙国食大煮焓中出现的两种香肠,一种叫 Farinheira,用猪肉加红酒和面粉制成,一种叫 Morcela,是种血肠。

Paio 则是用肥猪肉做的香肠,遂中间看得到小方块的脂肪。Chourico 加重香料,也下辣椒。

也许在中国澳门也能尝到上述食物,但味道不一样就是不一样。如果能在中国澳门开一间真正地道的葡国餐厅,每种食材都由葡萄牙空运,也许做得成生意。

葡国饮品

葡萄牙人的饮品,最普遍的矿泉水叫 LUSO,但要求高级的则非 PEDRAS 牌的不可,那产自矿泉区 Pedras Salgadas(编者注:葡萄牙语,佩德拉什萨尔加达什)。

全世界的啤酒都有一个接近 beer(编者注:英语,啤酒)的发音,除了西班牙人叫为"士威莎",葡萄牙的同样叫 cerveja。在葡萄牙最受欢迎的啤酒是 SAGRES(编者注:葡萄牙语,莎力)牌的。

葡国白兰地似乎没什么听说过的。我在菜市场的餐厅中看到人家喝棕色的烈酒,一闻之下,岂非白兰地?问当地人叫什么名字,回答说 Aquardente。aqua 我听得懂,在欧洲是"水"的意思,至于 dente,大概是指"精华"或者"快乐"吧?

饭后的烈酒则有 Licor Beirao,药材味极重。Amarguinha 是用杏仁腌制的,很苦,通常是加冰喝。Medronheira 是水果的蒸馏酒。

印象深刻的是一瓶用马斯卡特甜葡萄酿的饭后甜酒，二十年份，香味扑鼻，也不是太腻，可惜没有把酒名记下。

至于茶，葡国人似乎不太欣赏，他们不用茶煲沏茶，要是喝的话，都用茶包。我们这些国际旅行者也看惯和喝惯茶包，并不介意。但他们喝的不是立顿或都爱玲的英国货，葡萄牙人像与英国人有仇，茶包全是法国产的，我从来没听过法国人喝茶。

葡萄牙到处都有露天的咖啡室，人们爱的当然是咖啡，入乡随俗，我们去到葡萄牙就要学会怎么叫一杯了。

意大利人的 Espresso 式特浓咖啡也是他们的至爱，只要向侍者说 uma bica 他们就能会意，记不清楚的话，说成 um cafe 也行。

葡国人也喜欢在咖啡中加特别多的牛奶，你要是也爱这种喝法，可叫 um galao。galao 的英文是 gallon，在咖啡中加一加仑（编者注：英美制容量单位，英制 1 加仑等于 4.546 升，美制 1 加仑等于 3.785 升）的牛奶的意思。

半杯咖啡、半杯奶则是 uma meia de lette。uma 是一，meia 是半，而 lette 是奶，清楚明了。

游

古城奥比杜什

从乳猪镇回里斯本的路上,经过一个叫"奥比杜什"(Obidos)的古城。

虽没有万里长城那么长,这里的城墙也有一千多米,自从十一世纪建来防御阿拉伯人的攻击,保留至今。

很少看到一个那么完善的城堡,当初拍成龙的戏要是找到它,制作费可能便宜许多。葡萄牙的物价在加入欧盟后高了一点,但与其他西欧国家一比,还是低的。

古城的居民多数以开酒吧、咖啡店和卖纪念品为生。男人穿着古代服装;小女孩扮成妖精,头上冠花,非常可爱。

城内房屋很有特色,有的改为开店,有的还是住人,一大丛紫色花朵爬在墙上,美不胜收。

这里出名的一种酒叫 Ginjinha,用樱桃浸的,很甜。喝时由冰箱中取出一盒杯子,一个个小杯由巧克力制成,喝完了酒连酒杯也一块吃进肚,甜上加甜,非常有特色,在别的地方找不到。

口渴,"小妖精"们在街上卖矿泉水,才五块钱港币,公路上的休息站里可要卖到十几块了。不买矿泉水的话,水可在广场喷泉中汲取，清澈无比。这个古城有一条三公里长的水道，把山中的水引了进来。

还是酒比水便宜。走进一家酒吧，老板毕生收集各国的酒，共有几万瓶，这可是不卖的。桌上摆着一大樽（编者注：粤语，量词，用于瓶子装的东西）Ginjinha，客人只要付一点钱，就可任喝。

到了傍晚，大家都坐在露天餐室中看星星，喝Ginjinha，无忧无虑。大家都不去想明天的事，环境又那么幽美，也有家得到世界旅人推荐的小酒店，才七八个房间，是个度蜜月的好去处。

来到里斯本，一定要去奥比杜什古城走走，到过的人，没有一个说不值得。葡萄牙有很多古城，这一个最好。

乘酒店车走走

回到里斯本，睡了一夜，早上大家还没起身时，我从旅馆叫了一辆车子载我四处走走，司机会说流利的英语。

先到大街小巷，看到好角度，就请司机停下来给我拍张照片。从山上延伸下来一条直路，有电车载客，直通海边。拍的每一幅照片都是沙龙作品。

然后去 Rua de Sao Pedro 的菜市场。蔬菜水果摊档中摆着一笼笼的东西,我以为是大型豆类或开心果,其实是三种不同种类的贝壳,葡萄牙人买回去用滚水烫了,就挖出肉来下酒。蔬菜档中卖海鲜,也是怪事。

鱼的种类众多,有种没骨头的石头鱼,日本人叫"鮟鱇"的,也很受市民欢迎。小贩们把它斩成一块块的,看样子令我想起前晚吃的海鲜中有种叫"和尚鱼"(monkfish)的,就是鮟鱇吧?

肉台的货反而不多,肉的价钱比鱼贵,这表示什么?凡是鱼比肉便宜的地方,生活水平一定不高,只有大都市的人才不惜腰中钱去抢购海上鲜。

在肉台中看到一块块的腌肉,和中国潮州人的猪头粽一模一样。付了一个欧元,请小贩切几片给我试尝一下,味道果然也与猪头粽相同,它是把猪头肉加香料煮,然后剁碎,再压成块状后切成一片片的。想不到两个相隔那么远的国家,也有同样的吃法。

食欲大振,请司机载我到城中最出名的咖啡室 Casa do Alentejo。它由一座十七世纪的巨宅改建而成,是每一个游客必来朝圣之地,特色的菜有芫荽面包汤(Acorda Alentejana)和各种糕点。

吃完返酒店,大家才开始吃自助早餐。

对我们这种能够早起的人,旅行时最好就是雇酒店车游玩。乘的士的话,司机也许语言不通,又不等你,坐其他交通工具又太浪费时间。有些人或者会嫌旅馆的车子不便宜,但是比起机票和宝贵的时间,酒店车这笔钱还是值得花的,只要控制得好,两三个小时能看到很多东西,何乐不为?

海边

Sesimbra(编者注:葡萄牙语,塞辛布拉)海滩离里斯本只有三十公里,城里的人一有空,就都挤到那边去晒太阳。

"怪不得我们的经济不好。"司机说,"葡萄牙独有的软木树,树皮要十二年长出来,才有得(编者注:粤语,后随动词,表示有可能)用。国民每日只想到海滨玩乐,每年抓到沙丁鱼时都放一个月假,叫'沙丁鱼节',那时大家都只喝酒和吃沙丁鱼,什么都不做。"

吃沙丁鱼也是我们到 Sesimbra 的主要目的,去到一家叫 Ribamar 的海鲜餐厅,厨师烧出五六种不同的沙丁鱼,我们吃得不亦乐乎。

海鲜盘中一大堆生吃的有壳的海鲜,其中有海蚝、带子、海胆、虾和蟹，卖两百多块港币，这在中国香港绝对吃不到。

另叫了一碟鬼爪螺，手指般大，皮若恐龙，另有五支尖爪。剥掉薄皮吃它的肉，鲜甜无比。这种螺从前在香港的小岛岩石上还能捡到，当今已绝迹。

甜品吃蜜瓜，这种西柚般的身上有白纹的绿色果实，奇甜无比。吃法是将它切成两半，挖掉种子，注入波特酒，很有特色。埋单，东西比在里斯本吃的多一倍，价钱减半。

晚上，我们去了海边，这是全欧洲最西边的海岸，葡萄牙文说成 O Amanhecer do Atlântico，翻译成英文是 Sunrise over the Atlantic，大西洋望日出的意思。

从这里，十九世纪的欧洲移民渡过大西洋，就能抵达美国了。

到处都是悬崖。俯望着滔滔大海，友人说这里的海水就是在夏天也十分寒冷，但可以看到许多年轻人不怕死，在玩冲浪。

山崖上有一家叫 Fortaleza do Guincho 的旅馆，是 Relais & Châteaux（编者注：法语，罗莱夏朵）的成员，装修得富丽堂皇。餐厅的海鲜由大师傅精心炮制（编者注：粤语，用心做），不像平民化的食肆那么粗豪，另有一番味道。这里有二十七间房，可以在这家由一座城堡改建的酒店度过一晚，听涛入眠，第二天看日出。这又是一个度蜜月的好地方。

旅行中的快乐

去哪里？

喜欢到处旅行的中国香港人，今后会到哪里去？

首选

首选当然是日本，但去了要被隔离十四日。去日本玩个五天最舒服，十天也无妨，但试试看让你躲在一个房间内两星期，一定闷出鸟来。

而且日本一切都贵，这段隔离的日子又吃又住，是一大笔钱，一般旅客很难付得起。我本来可以用新加坡护照入境日本，到福井的芳泉或新潟的华凤享受螃蟹和米饭，要不然在冈山的乡下旅馆八景长住，浸浸温泉，写写稿，日子很快地就会过去。但是你不怕，人家怕你，又何必让人麻烦呢？

欧美

我最喜欢的欧美国家是意大利，那里有享受不尽的美食，而且便宜得不得了，但当今意大利疫情厉害过我们，还是免了。

美国更是别去了，"九一一"之后美国人草木皆兵，旅客过海关都要受不礼貌的检查和盘问,自那之后,我从来也没想过要去美国。当然,美国只有纽约一个地方值得去,别的都是乡下,我受不了牛仔腔的美国话。我更讨厌加州,那里只有日光和橙,闷都闷死。

瑞士最干净了,但我完稿前也限制入境了,否则你可以试试去住上一两个星期,每天吃芝士火锅。瑞士其他的什么都不好吃,一碟垃圾般的炒面也要卖三四百块港币,何必呢?

最近的

最近的还是中国台湾,飞一个多钟就到。但台湾老早实行严厉限制,我本来想去吃吃切仔面的,当今只有作罢。

去新加坡吧?目前也限制入境了。想起当年非典时期,岳华和苗可秀要去拍戏,也被迫禁止外出,躲在公寓中天天向当局报告行踪,差点闷死。我刚巧护照到期,也要去换一换,入境局职员听说我是从中国香港来的,忽然吓得像卡通人物一般弹起,立刻乱盖一个印,叫我马上走开。回到家后,我和弟弟两人搬了一张麻将桌子和一副牌,找岳华和苗可秀,四人打了个昏天昏夜,他们的日子才过得了。

还可以去哪里?曼谷之前宣布能够入境,但早一天又说要隔离，反反复复，现在谁敢去？

最想去

我目前最想去的还是马来西亚，之前那边政府宣布他们是最安全的，随时欢迎游客走一趟。要是去玩个一两星期，天天吃榴梿，高兴得很。

昨晚才和叶一南谈起，原来他也是个榴梿痴，他问是不是季节，去了有没有得吃。哈哈，自从中国人爱上猫山王，泰国的金枕头已不够喉（编者注：粤语，表示满足，多用于否定式），马来西亚猫山王大量种植，接枝又改种，现在变成任何时间都供应了。

我早就推广猫山王和黑刺，又到过多地的榴梿园，并和园主们都打过交道，我向叶一南说，跟我去，一定错不了。

在马来西亚吃榴梿不只是吃味道，而且还要求环境舒适，我知道有个风景幽美的山庄，在青山绿水间，还有干净的小屋，可以住上一两天。

在那里专选动物吃过的果实，它们最聪明，不美不食，它们咬过了一边剩下另一边的，是完美的榴梿，什么品种的都有。最过瘾的是，地点是山上，天气像秋天多过夏季，更厉害的是，一只蚊子也没有。

吉隆坡附近的吃完,再去槟城吃,那里除了榴梿,还有好吃得要命的炒粿条。粿条就是河粉,槟城的下鸡蛋、鸭蛋去炒,还添腊肠片、鱼饼片、小粒的鲜蚝,最后加血蚶,不止一两粒,一下一大把,配料多过粿条,过瘾至极。

在马来西亚旅行的好处,就是各地都可以乘汽车去,两三小时车程就有有美食的城市。在公路上行驶,遇季候风带来的巨雨,忽然天昏地暗,雨像广东人说的"倒水咁倒"(编者注:粤语,像倒水一般),真是倾盆而下,相信香港人经验过的不多。

从槟城到怡保也只要两个小时,怡保那里的水水质奇佳,用它生出的豆芽肥肥胖胖的,不试过不知道有多么美味,做出来的河粉也细腻无比。那里更有充满膏的大头虾,可以用汤匙舀来吃,甜美至极。

要是住闷了,飞一个多小时就可以到越南和缅甸。马来西亚的确是方便到周围走走的,最要命的是,一切那么便宜,便宜到你不敢相信。

有时间的话,再从吉隆坡到巴生去,坐车一下子就到,去吃最正宗的肉骨茶。巴生那里的一个小镇,就有百多家人卖肉骨茶。老祖宗的名店德地有七十多年历史,一走进去就看到一大锅一大锅地摆着肉骨茶,锅内一块块的肉骨像搭金字塔般地叠着,熬出浓郁的汤来,吃过一次就没有办法回头的。

书至此,消息传来,马来西亚也成疫区,中国香港更是锁城,什么地方也不必去了。要隔离的话,还是留在香港好,至少要吃什么有什么。

旅游宝藏新潟

每年农历新年的旅行团依例举行，有些人初一那天得陪父母，有些没子女的要求我陪过除夕夜，故分两团进行。老友廖先生说他不知不觉已跟了十九年了，我见他的儿子长大、结婚、生子，时间过得真快。

今年新年去了新潟，入住的华凤旅馆当今已建了新馆，美轮美奂。每一间屋皆有私家露天风吕（编者注：日语，澡堂，浴池），让人浸个痛快。晚饭时由八海山运来一大木桶清酒，又有数名新潟艺伎助兴，其中一个叫"葵"（Aoi）的最红，她不但舞艺精湛，还是一个大酒豪，啤酒、日本酒和威士忌一大杯一大杯地灌，把一群男子汉都喝得醉倒在地上，她本人还是若无其事，笑嘻嘻的。

因为脚伤，行动不便，我在第一团回香港、第二团未到达时有两天空闲，本来应该好好休息，但天生劳碌命，还是到处乱跑。

带路的是玉木（Tamaki）女士，她本来在新潟观光局任职，我最初是被她的诚意打动才研究新潟行程的，结果发现它是个宝藏。当今她已离开观光局，但还是热心地带我四处找新的景点。

岩室

我们去了一个叫"岩室"的温泉乡,那里有家叫"梦屋"(Yumeya)的小旅馆,高级幽雅,端庄亲切的老板娘武藤真由热情款待。全馆只有十一间房,私家露天风吕泉质润滑,晚餐和早饭都极为可口,以后人数少时来新潟,值得下榻。

梦屋
地址:日本新潟县新潟市西蒲区岩室温泉 905-1
电话:256-825151

来到岩室这个地方,就可以去参观良宽纪念馆了。良宽(1758—1831)是位高僧,书法和诗歌皆佳。他一生苦行,自由自在,不寄居寺庙,只在田野间与儿童嬉戏,时常与他们踢毽子。他为儿童们在风筝上写的"天上大风"流传最广,我看到弘一法师的"悲欣交集",就会想起良宽的这四个字。

良宽的中文根基极好,所书诗句亦符合中文平仄,其诗曰:"生涯懒立身,腾腾任天真。囊中三升米,炉边一束薪。谁问迷悟迹,何知名利尘。夜雨草庵里,双脚等闲伸。"另一首《乞食》亦佳:"十字街头乞食了,八幡宫边方徘徊。儿童相见共相语,去年痴僧今又来。"他在临终前,更写了《绝命诗》:"秋叶春花野杜鹃,安留他物在人间。"

　　关于良宽,人们津津乐道的还有他晚年的罗曼史。当年有位学问高深的尼姑叫"贞心尼",极貌美,非常仰慕良宽。他们相见时她二十九,良宽七十,后来两人互写诗歌交往。贞心尼生病时良宽写给她的慰问诗当今还保存在博物馆中。

　　回程经波涛汹涌的日本海。新潟地形又长又狭,一面临山,种稻米,一面临海,有极丰富的鱼虾。还可以从这里乘船到一个叫"佐渡"的大岛,那里有金矿,海鲜更是闻名。我这次没有时间,只有留待下回探路。

小孩子的节目

　　旅行团中有带小孩子的团友,令我想起香港小孩没机会接触大自然,甚为可怜。其实可以带他们来看一大片一大片的金黄稻米的收割,同时让他们尝到新米的香味,这些将是他们毕生难忘的经历。

　　从东京到盛产大米的新潟的南鱼沼,乘新干线不过是一个小时四十分钟。在南鱼沼,你还可以亲手试做各种饭团,将它们沾上紫菜，包上鲑鱼，做成种种可爱的造型。

海边有一家大型旅馆，吃、住价钱都很合理。在那里，儿童们可以亲手拖网捕鱼，再将海鲜拿去烧烤，这也是一个非常好的节目。接着，他们可以放风筝或大点烟花，后者在日本是随时随地允许的。

夏天来时可采巨大又香甜的水蜜桃，或干脆到田里捧一个甜西瓜回去。树林中有各类的山菜，像出自侏罗纪时代的蕨菜。在林中更能捕捉蝴蝶及其他昆虫，或采摘各类菌菇。菌菇当然全是有机的，将它们拿回来铺在小陶钵上蒸出来的菌菇饭十分值得回味。再组织一个集会，让他们与日本小朋友交流。

来新潟可以住个三四天，比去什么迪斯尼乐园不知好多少。行程我都安排好，团友一家大小都能参加，可以一起乐融融度个毕生难忘的假期。

工艺

接着我又去自己最喜欢的小千谷，拜访了织布大师小田岛克明。小型纺织厂有仅存的工匠，一条条的麻线被他们用手工揉得像头发般细，织出的布料薄如蝉翼。小田岛先生说年纪最大的师傅今年已经卧病，其他的匠人也都七老八十，年轻人又不肯学，

这种独特的工艺到他这辈子将会成为绝响。我买了几匹布料回来做长衫,日本布的尺寸都是从中国传去的,一匹布做一件长衫刚好。

　　团友们参观了玉川堂,看工匠如何将一块平平无奇的铜片细心敲打成水壶。当今流传用铁壶烧出来的水特别甜美的说法,尤其是用来煲普洱茶。一下子,南部铁壶卖得成为天价,一百多万元人民币一个已是常事。以铜壶煲水,效果一样,一个大的铜水壶卖五十万日元,得花一个月以上才能打出来,按人工来计,加上原料,价钱是非常合理的。与其买一个铁壶,不如买一个更有艺术价值的铜壶。店里摆着一个用了四十多年的铜壶,颜色比新打的更漂亮。小铜壶则卖三十八万日元一个,摆在一边的只要一半价钱。问为什么,原来那个壶壶口是用另一块铜片接上的,而不是从头到尾用一片铜制造出来的。

日本一共有四十七个县,而观光客量最少的就是新潟。其实当地有发掘不完的旅游资源,让我们好好去发掘吧。

蔡澜微语

2019-11-17　15:37

新潟新米饭团,好友玉木传来。

2018-1-7　14:11

新潟好友玉木托人送来西洋梨 Le Lectier(编者注:法语,李克特)。从前只知山田县的 La France(编者注:法语,法兰西梨)好吃,岂知一山还有一山高,没有试过新潟栽培出来的这个品种,不知世上竟有那么甜、那么多汁的梨,而且奇怪的是,它有一股很浓的花香,久久不散。

駅弁

在日本旅行的另一种乐趣,在别的国家体验不到的,就是品尝他们各地的火车站便当"駅弁"(ekiben)(编者注:日语,车站上卖的盒饭)。駅弁这个词由"駅"(eki)(编者注:日语,车站,相当于汉字"驿")和弁当(bento)(编者注:日语,盒饭)的"弁"二字合并而来。而"弁当"二字,大多数人以为是日本用语,其实是从中国的"便当"一词演变而来的。

自一八八五年起,日本的铁路逐渐加长,人们才够时间在火车上进食。最初是将白饭捏成团,上面撒点黑芝麻,再用竹皮包起来的,叫为"泽庵"的简单盒饭。

发展到后来的"幕之内",饭盒已是分为两层的木制方盒子,下面那层装白饭,保留着撒黑芝麻的传统,上面那层的食材就丰富了许多,有一块烧鱼、一块鱼饼、一块甜蛋、一粒大酸梅、两片莲藕、两片腌萝卜干、一撮黑海草加甜黄豆、四五粒大蚕豆、一小撮咸鱼卵,其中咸鱼卵最为名贵,可以杀饭。

配着盒饭的是一小壶的清茶,昔时日本人不惜工本地用陶瓷

器皿装茶，用完即弃，豪华得很。那时代不觉珍贵，现在都用塑料的，才觉之前的名贵，可当古董来卖了。

日本人很容易养成吃便当的习惯，那是因为他们对冷菜冷饭不抗拒。我们就嫌饭菜不热不好吃了，但在日本旅行多了，也就慢慢接受，也喜欢上多元化的駅弁。每个地方的駅弁都有特别的内容，吃久了就会爱上吃駅弁这种旅行中的快乐，一面看风景一面慢慢地进食变成一种专门去寻找的情趣，久不食駅弁，会想念的。

从前火车在车站停留时间长，有些长得甚至于乘客可以下车去向服务员购买駅弁。随着新干线的发达，乘客已经不可能有时间在中途停留，駅弁只可以在便利店或者专卖店中找到。大站（如东京、大阪）的駅弁专门店中的駅弁简直是千变万化，什么食材的都齐全，我旅行时一买就十几个，一样样慢慢欣赏。

当今中国香港什么日本食物都有，我早就说有一天饭团（onigiri）专门店会出现，繁忙又要节省的白领们会买几个饭团来充饥。朋友们都说他们吃不惯，但现在已有很多这种店铺。我又预言将会有駅弁专门店，昨天到上环，已看见了一家。

日本人早在一八七二年，即明治五年就开始在新桥到横滨的铁道沿线车站卖駅弁。发展下来，中华料理便当很受欢迎。尤其是烧卖,有很多大集团,如东华轩、东海轩、崎阳轩卖的最受欢迎,他们的日式烧卖肉少粉多,又加大量蒜蓉,有种特别的味道,最初我们都觉得怪,习惯了也会特地去找那种"假中华"的烧卖。

也不是只有中国人吃驿弁上瘾,法国人也一早爱上。二〇一六年,日本铁道公司(JR)老远跑到巴黎和里昂之间的车站去开驿弁屋,生意滔滔。

为了与众不同,形形色色的包装盒跟着出现。新干线车站卖的有火车形的饭盒。群马达摩寺附近的高崎站的最精美,整个饭盒是用瓷土烧出的一个瓷达摩,买这种驿弁来吃的人多数不肯将饭盒扔掉,拎回家当纪念品。

使用最多的是日式的炊饭陶钵,它上面有个像木屐的盖子,用它装的驿弁称为"釜饭"。日本人在一九八七年发明了在外盒装了生石灰的饭盒,把线一拉,水渗入,和生石灰起化学作用,就可以产生蒸汽加热驿弁。当今这种驿弁也可以在淡路岛到神户之间的车站买到,饭的上面铺着海鳗鱼,味道还真不错呢。

曾经,日本物资短缺,人们尽量节省,在那时生产了鱿鱼饭:在盒内装了两只至三只的鱿鱼,鱿鱼里面塞满了饭,用甜酱油煮成。

鱿鱼饭在函馆本线森驿贩卖，已成了当地著名产品，凡是有驿弁展览会一定看得到。日本人嗜甜，鱿鱼饭极受欢迎。如果不想去那么远，在东京站的伊势丹百货公司也能买到。

当地生产什么，就有什么驿弁出现，食材丰富，驿弁的售价就可以较低，吸引了很多外地来的游客。在东京站到山形县的新庄站之间有种米泽牛驿弁，别的地方的牛肉少，这里的牛肉盖满整个便当，牛肉分肉片和肉碎，用秘制的甜酱来煮。另有一个格子，其中装着鸡蛋、鱼饼、昆布、泡菜和姜片。驿弁大卖，人们就开了一家饮食店，叫"新杵屋"，店里用的是新开发的米，米粒特大，很多人专程来吃。

因为需要保鲜，用刺身做的驿弁不多，但东京和伊豆之间的"踊子号"上卖一种 aji bento（编者注：日语罗马字，鲹便当），那是用鲹鱼科的竹荚鱼做的：先将竹荚鱼片开，用钳子仔细地取出中间的幼（编者注：粤语，横剖面小，细）骨，再将鱼用醋浸保鲜后铺满饭上。吃不惯的人会觉得怪怪酸酸的，又带腥味，喜欢的人喜欢。

到了北海道，当然有海鲜便当，其中用螃蟹肉的居多，用鲑鱼卵的也不少。但最豪华的应该是三陆铁道沿线车站卖的海胆便当，是将五六个特大的海胆蒸熟后铺满饭上的，卖得也不贵，一盒才一千四百七十日元,多年不涨价,可惜产量不多,一天只做二十盒。

所有的駅弁盒上一定贴有一张贴纸,说明产品和制造者的数据,须严密地控制的是食用期,駅弁在常温之下可以保存至出厂后十四个小时。

日本文人也爱旅行,作品中多提到他们爱吃的駅弁。夏目漱石喜欢的是用酱油和糖煮的小鲇鱼,加一大片鸡蛋、一块鱼饼、几片莲藕、一片胡萝卜、几颗甜豆的,叫"三四郎御弁当",可惜这种便当在平成二十六年已停产。喜欢看太宰治作品的人到了津轻可以试试太宰弁当,当今还能买得到。

百去不厌

韩国好像是一个令人百去不厌的国家,本来要到日本的,但和友人商讨后,我们又到访了一趟韩国。

出行

目前有许多便宜得令人不能相信的航班,但我们坐惯某些航班,还是照买他们的贵票。换了大韩航空的航班当然好,不过到

得太晚，回程更早，好像损失了两天游玩的时间。本来一直想乘的，他们的飞机又新又大，吃的有正宗的蔬菜拌饭（bibimbap），空姐又美，但到最后还是放弃。

住宿

一贯住新罗酒店（Shilla Hotel），这回也改了四季（Four Seasons），看看有什么不同。说真的，四季这个集团最好的酒店只有巴黎的乔治五世和布达佩斯的 Gresham Palace（编者注：英语，格雷沙姆宫）改建的两家，其他的都像美式大集团的。

首尔的这家也在江北的中心，从那里走几步就能到新世界百货公司，离明洞也近。从高层望下，可见大道和景福宫，窗景是漂亮的，不过大堂很矮，没什么气派可言，比起新罗差得多了。

美食

四季的好处是周围有好的小食店和人参鸡汤连锁店。我们抵达时是下午三点左右，肚子已经饿得咕咕作响，友人又喜欢吃鸡，我们就不管店好与坏，一下子冲了进去。店里也卖较为高级的鲍鱼人参鸡汤和乌骨鸡汤，可惜无甚特色，不如我们以前经常去吃的明洞那家皇后参鸡汤的，据说那家在税务上出了问题，倒闭了。

第一晚吃的是河豚,喜欢此味的朋友不妨光顾。在韩国吃河豚只要日本的三分之一价钱,而且这里的河豚都不是养殖的。河豚还不是大众化的食物,虽比日本的便宜,也不是收入低的韩国人吃得起的。

三井这家店斩出一大件一大件的河豚肉,新鲜得还会跳动,滚出来的汤,学别人的话说就是:鲜得令人眉毛快掉下来。用鱼翅或白子热泡的酒,也可醉人。这是令人满足的一餐,虽然比不上釜山锦绣的那么丰富。

三井
地址:首尔市江南区奉恩寺路626
电话:2-34473030

四季的早餐花样也多。如果是当地菜的话,新罗只有一款韩定食餐,但这里有一个角落专攻韩国佳肴,其中杂菜饭也有许多选择,客人可以自选蔬菜和各式的韩国汤。

如果不愿意在酒店吃,可到四季附近的小店去,那里什么都有,都是卖给公司职员和司机们吃的,很有本地风味,又便宜。

早上吃得太饱,中午随便来一顿吧!友人几十年前来过首尔,对当年吃的炸酱面印象深刻,不停地嚷着非再吃一碗不可。

顺他的意,我们中午就去了中国大使馆附近的一家叫"开花"的中华料理店。有些人说:"你疯了吗?哪有到韩国吃中国菜的?"其实,炸酱面已成为韩国的"国食"之一,和我们的大有不同。

首先是酱,没有北京的那么咸,分量也极多,一大碗面跟着一大碗酱,酱里面有大量的肉丁、青瓜和洋葱。从前我吃的还有海参呢!大概当今海参已经贵了许多,不下了。面条比一般的粗,以为很硬,咬下才发现柔度恰好,混着酱,也的确美味,可以吃上瘾的。另外叫了一碟水饺,个子反过来,是很小的。

开花
地址:首尔市中区明洞 107-1
电话:2-7760508

来了韩国,不吃宫廷大餐怎行?从前常去的韩美里好像易了手,不如去差点忘记了的石坡廊。这家店处于环境最幽美的山坡上,庭院幽静,古色古香,人一走进去即刻感到高尚优雅。记得从前到了冬天,他们会在花庭中燃烧新斩下来的松木,清香至极。

当今那里已无伎生和乐队了,但还是很值得去,也离市中心不远,绝对值得推崇。

石坡廊
地址:首尔市钟路区紫霞门路 309
电话:2-3952500

购物

单是吃、吃、吃,不行,总得购物。本来中部市场有很多又便宜又高级的海鲜干货,买一些章鱼头回去煲莲藕汤最佳,那里的麻油和辣椒酱也好。

不过这些东西都能在高级百货公司买到,如果没时间逛市场,不如到新世界、乐天等的超市去采购吧,虽然贵一点,质量还是有保障的。

至于买什么,我的话,喜欢韩国明太子。这种食物的源头在韩国,这里的产量特别高,也比日本的便宜了许多,包装也精美。买多点,吃不完放在冰格里,吃前拿出来解冻,特别下饭。

松子也新鲜、大颗,还有各类的韩国罐头,放久也不坏,我们买了一大堆,高高兴兴地回到香港。

要是没熟人带,推荐找一个会说普通话的华裔司机兼导游带路,此君叫 James(编者注:英语,詹姆斯),中文名字是宇畅辉。

宇畅辉
电话:01088872893

欢乐墨西哥

我们旅行，目的地愈来愈偏远，当今到冰岛或挪威看北极光好像也是平常事了。更偏一点，跑到秘鲁去，爬上马丘比丘。

既然要到那么远，我觉得还是要去一些吃得好的地方。何处觅？墨西哥也。那里今后一定能成热门旅游胜地。

去墨西哥并不难，先飞去美国加州，再转机，一下子就到了。当年我为了找拍摄的外景，几乎跑遍美洲，但就没有一个国家比墨西哥更令人欢乐。

唱个不停

我们一下飞机就听到音乐。在墨西哥街头巷尾都可以遇见流浪乐队，叫mariachi，他们通常是四五个人一组，弹吉他，吹喇叭，拉小提琴，每一个人都能唱，而且唱个不停。

乐队多了，竞争也剧烈，价钱调得很低。先到某市场走一趟，听到唱得好的，或者女士们认为英俊潇洒的，就可问多少钱。墨西哥人有乐天和疏散的个性，懒得和你讨价还价，你也会觉得他们的要求很合理。

如果你连找也嫌烦,请酒店介绍好了,他们推荐的一定有水平。然后你雇一辆九人小巴士,把乐队载在后面,司机兼导游会带你各处去。一路上乐队唱个不停,也不是你完全不熟悉的歌,有很多名曲,都是以西班牙语唱的。

Mercado de Artesanias La Ciudadela

见乐队唱个没完没了,自己也想露几手,但是一生人没有碰过任何乐器。不懂得不要紧,去墨西哥城市内的 Mercado de Artesanias La Ciudadela 逛逛,这是一个巨大无比的市场,什么东西都有,先买一个土琴。

土琴有七八根弦,不会弹怎么办?不要紧,不要紧,随琴送你一张纸,只要将纸插入,便可以依照纸上的黑点弹起来,笨蛋都会。忽然,你便奏出一首《甲由(编者注:粤语,蟑螂)》(*La Cucaracha*),这是一首一听就难忘的墨西哥民谣,歌词也非常荒诞:"甲由呀,甲由,已经不会走路了……甲由刚刚死掉,现在有四只兀鹰,找一只老鼠当葬礼司仪,把它拖去埋掉!"

在这个市集中逛,沿途可以买到又便宜又漂亮的纪念品,像墨西哥的大帽子、各种色彩缤纷的背包、玻璃制品、陶瓷器,艺术性比其他美洲国家的还高。最实用的还是一件披肩,说是披肩,其实它只是一张大被,折成两半,中间剪一个洞,给你把头套进去,即刻能够御寒。当年我买的那一件,一直用到现在,每遇寒冷天气,我就把它从衣柜中取出来,用完了洗,当今还像新的。

市集中有更多的小贩档口，多数卖玉米，先将它们煮熟，再放在炭上烤得香喷喷、甜蜜蜜的，令人抗拒不了。我们看到走过的人手上都有一根，拼命啃。

玉米是当地最主要的食材，磨粉后做成饼，一片片的，有个土机器在烤，一片烤下又一片。最初以为没什么了不起，咬一口，香呀香，从来没有吃过那么香的饼，印度的薄饼要走开一旁。用这块饼，就可以包各种馅了，这一堆是肉，那一堆是烤甜椒，怎么叫都只要几个比索，折合成自己的货币，大家又欢乐了。

高雅和浪漫

纪念品太俗了，要高雅一点吗？去墨西哥城市内的 Frida Kahlo（编者注：弗里达·卡罗）美术馆吧，欣赏这位一字眉的女画家一生的作品，再追索到她的情人 Diego Rivera（编者注：西班牙语，迭戈·里维拉）的壁画，一幅幅巨大的作品真是气象万千，让你感动。

还是买些值钱的东西吧！墨西哥城附近的小镇 Taxco（编者注：西班牙语，塔斯科）是一个产银的地方，有各种银器，有些银器精美得令人叹为观止，贵是贵了一点，但比起大家抢购的世界名牌，只会让你笑了。

市集中有更多的小贩档口，多数卖玉米，先将它们煮熟，再放在炭上烤得香喷喷、甜蜜蜜的，令人抗拒不了。我们看到走过的人手上都有一根，拼命啃。

玉米是当地最主要的食材，磨粉后做成饼，一片片的，有个土机器在烤，一片烤下又一片。最初以为没什么了不起，咬一口，香呀香，从来没有吃过那么香的饼，印度的薄饼要走开一旁。用这块饼，就可以包各种馅了，这一堆是肉，那一堆是烤甜椒，怎么叫都只要几个比索，折合成自己的货币，大家又欢乐了。

高雅和浪漫

纪念品太俗了，要高雅一点吗？去墨西哥城市内的 Frida Kahlo（编者注：弗里达·卡罗）美术馆吧，欣赏这位一字眉的女画家一生的作品，再追索到她的情人 Diego Rivera（编者注：西班牙语，迭戈·里维拉）的壁画，一幅幅巨大的作品真是气象万千，让你感动。

还是买些值钱的东西吧！墨西哥城附近的小镇 Taxco（编者注：西班牙语，塔斯科）是一个产银的地方，有各种银器，有些银器精美得令人叹为观止，贵是贵了一点，但比起大家抢购的世界名牌，只会让你笑了。

者注：培恩白金龙舌兰）给我，我拿去旧金山倪匡兄的家，打开了，香气扑鼻，两个人一下子就把它干了。

快去墨西哥欢乐一下吧！

法国大餐

最美

如果你到过世界上的所有大城市,到最后你不得不承认,还是巴黎最美。

以凯旋门为中心,十几条的大道由此放射出去。巴黎整个都市是一个大博物馆,是欧洲文明的结晶。这不是偶然的,比较它周围的国家:英国是岛国,天色阴沉,人民小心眼;意大利,人最热情,但不能耕种的地方还是过多;德国,风景不错,但人冷酷;西班牙,人太好玩,但经济、文化都落后;北欧国家太冷,东欧又太穷。唯有法国山明水秀,人性温和浪漫。一切是它最得天独厚的。

巴黎人爱夜晚,发现了一套理论:如果将名胜古迹从外面照得像白天一样,那么和在早上看有什么分别?夜里就应该有晚上的光辉,他们说。所以他们将几千万个小灯泡镶在架子里面,晚上照出来的是如丝似锦的铁塔。这不只是新概念,而是要有一个爱面子又有点疯癫的政府花那么多钱去照亮的。

经济不景,人们拉紧腰带也支持政府浪费,但政府也照顾着他们,长棒型的面包和葡萄酒是不准涨价的。如果只吃这两样东西,他们每天花不到二十块港币就能维生。

法国大餐

当然,巴黎人一有钱就吃。吃东西对他们来讲是生活的享受,不只是把食物扒(编者注:粤语,用筷子把饭拨到嘴里)进口里就算了。我们到了巴黎,第一件事就是去吃他们最出名的海鲜。

法国人的海鲜是独特的,没有其他任何一个地方的能够模仿。首先,侍者把一个三层的圆形铁架放在餐桌上,铁架的最底层放着一碟醋、一碟牛油及多片面包。第二层挂满了肥大的白灼虾,一圈围下来有数十只。最上层的大碟中铺满了细冰,冰上面是生蚝、蛤、螃蟹、螺和海胆。若其中的东西你不喜欢,那么就来整碟的三打生蚝、蛤或螃蟹。

有这么丰富的海味,还吃什么面包撑肚皮?错了。入乡随俗,吃海鲜之前要是不以面包、牛油将胃壁涂上一层保护膜的话,大多数人都会拉肚子。

生蚝,我们在香港只知道吃 Belon(编者注:法语,法国贝隆铜蚝),其实还有许多又便宜又好吃的品种。建议点菜之前先走到他们的海鲜档上亲自选择。又肥又大的生蚝膏肉皆美,但有些瘦的更甜，几个人去吃，可以每样先来半打，挑最喜欢的再叫过。

较生蚝爽口、有咬头的是蛤子，法国蛤不比在美国纽约吃的Cherrystone Clam（编者注：英语，车厘蚬），它们巨大如橙，鲜甜得不得了。

法国螃蟹和中国大闸蟹也各有千秋，法国螃蟹的膏也多，但个头比大闸蟹大数倍，肉质幼细（编者注：粤语，细），味甘。

东风螺状的法国螺肉不硬，很可口，但已被先入为主的蚝和蛤抢去风头，客人只吃三四个就停手。

海胆是连壳上的，苹果般大的壳上打开一个洞，让客人用匙羹掏出壳壁肉的膏吃。胆肉不多，弄个半天吃不到几口，有时还会吃到壳上的硬刺，实在不敢领教，还是日本料理的海胆有吃头。

以为已经饱了，原来海鲜只是头盘，这时最好来个热汤暖胃。法国海鲜汤不是用龙虾熬出的，而是将鱼肉蒸熟磨碎后煮成的，并没有腥味，但是一大碗像浆又似羹的浓汤喝了下去，肚皮再次胀开。

接下来是点主菜了。我们这次旅行全部由查良镛（编者注：金庸本名）夫妇招待，去的都是第一流的餐厅。选中了一家叫Au Pied de Cochon 的，《茶花女》这部电影就是借它拍的内景。这家店美轮美奂、古色古香,招牌上画的是三个大师傅在处理一只肥猪的手,名副其实,这是以烧猪手出名的餐厅,我们当然是叫烧猪手了。

猪手已去骨,是蒸熟了之后再烤的,皮香喷喷的。猪手用叉子也可以切片,可想而知,软熟得很。

以上的食物只是一餐中的三分之二,还有甜品——大片的胡桃蛋糕、法国冰激凌、咖啡、巧克力等等。

查太最欣赏餐酒,这里好年份的名牌酒比香港卖的便宜一半以上,就算是餐厅的普通白兰地,也比在香港购买到的什么XO香醇。

这次连查先生的公子、媳妇、千金、女婿,还有其他友人,我们一共十二位,这一餐吃下来埋单是四千元港币,在香港绝对吃不到。

又一乐

连续几餐的法国菜之后,吃不消。另选越南牛肉粉,汤浓、鱼鲜,简单的一碗是天下美味。

有时也去吃中国菜，到一家叫"日月星"的餐厅，请店主找出腊肠来做砂煲饭，又是一乐也。饭后，店主拿出簿子给我们签名留念。

吃火锅

查先生在巴黎十六区有个三千多尺（编者注：中国香港计量面积时所说的 1 尺为 1 平方英尺，合 0.0929 平方米）的公寓，我们一直在餐厅吃已有两个星期了，于是上街市买海鲜、肉类回家吃火锅，东西比香港的便宜许多，味道又不比九龙城的方荣记差。

饭后拿出在卢浮宫附近买的两张明信片，我们每人在明信片后面签上名，写了几个字，准备翌日寄给在遥远的旧金山的倪匡夫妇，最后还画上一只大生蚝，给倪匡兄充饥。

玫瑰大门

从埃及首都开罗要搭差不多四个小时的飞机,才到达约旦的首都安曼。

当地导游一开始就带我们到安曼的比华利山,一堆堆华丽的建筑物代表着这个国家的财富,但我们知道,这只是一小撮人才能享有的。

我们在安曼住了一个晚上,翌日就到此行的目的地——"玫瑰大门",整个车程约六小时。

抵埗时已经入黑,我们在最好的酒店凯宾斯基下榻。所谓最好,也不过是四星级的建筑和服务,但为了看新的"世界七大奇迹",大家不在乎。周围有些更便宜的旅馆,也有民宿,或许更能让人了解当地民生,任君选择。

从酒店走几步路就到了佩特拉(Petra)的入口,从此地到那扇玫瑰色的巨门还有一段路。没去过的人都被那崎岖的山路吓坏,以为很难走,其实那是往下的斜坡,走起来非常之轻松。如果游客道听途说怎么难怎么难,而雇一辆马车代步的话,山路上凹凸的石头反而会震得人心脏快掉了出来,忌之,忌之。

亲自去了才会感受到,佩特拉两面都是悬崖,这个峡谷是最佳防御,敌人怎么都攻不进来。

古代约旦人 Nabataean(编者注:英语,纳巴泰人)充满智慧,他们在公元前六世纪已看中这块土地,建筑堤坝控制山泉,在沙漠上灌溉出绿洲,在此建造最坚固的城堡,又用由经商得到的财富,令整个城市繁荣无比。他们温饱之后,把一整座粉红色的山雕出一个神殿来。可惜经过大地震,文明灭亡,当今剩下的就是神殿的这扇"玫瑰大门"了。

悬崖遮挡住阳光,在其空隙中,游客会感到阵阵阴风,但一走出,眼前一亮,那扇大门烙印在我们脑海中,永不消失。

是的,没来过的话,是不会了解其工程之浩大的,反正金字塔被比了下去。

即使现代埃及人多番解释,说金字塔不是法老强迫人民搭起来的,但它们到底是为了一个人而建造的坟墓,不像大家为了丰收、赞美神明而合力雕塑的"玫瑰大门",那细腻的花纹像是艺术家的手笔,并非普通工人堆积石块那么简单。

再下去看到的是他们的水利工程,二千五百年前的地下水道证明了人民的生活素质。是否这些优秀的遗传基因,令到(编者注:粤语,使得)当今的约旦平民比其他中东人聪明?

从佩特拉出发到死海,也不是很远。死海这里的凯宾斯基酒店倒是这个机构中最好的一家,堪称"人生之中必住的"。一出酒店就能走到死海边,试试游泳时不会沉下去的感觉,也真奇妙。酒店另有大池,引进死海的水,客人不去死海边也能领略,但要小心别让水沾到眼睛,否则眼会刺痛。酒店中用泥浆做水疗的服务也相当完善,可以说是这个旅程中最舒服的一个环节。

悠游成都

成都人生活悠闲，生活节奏比香港缓慢，时间一多，怎么打发？他们遇到朋友，都问："今天吃啥子？"啥子，什么东西的意思。

除了这句话，就问："今天到哪去耍？"耍，玩耍也。

茶馆

成都茶馆极多，举目皆是。茶馆里用的是茶盅，他们叫"盖碗"，一盅茶从早喝到晚，也不多收你一个子儿。

一面喝茶一面给人家采耳。挖耳朵这件事，香港人只有冲完凉用棉花棒一擦算数，哪有这工夫？

我到了成都，入乡随俗，也吃茶去。

四川人绝对不会欣赏普洱茶，喝过的成都友人都说："一股霉味，有啥好吃？"

我说："普洱茶能消脂肪呀！"

"谁说的？"他们摇头。

我指指自己的肚腩，说："这就是证据。"

当看到我的吃相时,他们开始有点相信了。

他们喝的是绿茶,茉莉花茶极为普遍。茉莉花茶我们叫为"香片",连个茶字也不给。

上等的绿茶叫"竹叶青",和酒同名,贵的要卖到八十多块人民币一盏了。

在成都,公园、旷地都能变为露天茶馆,如果要看人生百态,此处最佳。把这里茶馆所有特色捕捉的是一本叫《四川茶铺》的摄影集,由四川人民出版社出版。

我们去的一家叫"顺兴老茶馆",老板意在光大民间风俗,请了艺术家朱成把整间茶馆弄得古色古香,恢复昔时的雕梁画栋、小镇老墙。

茶馆中有各种地道川菜,舞台上有川剧变脸等的表演,这些本地人觉得平凡无味,但深受外地朋友欢迎。你如果去了成都,不妨到这家茶馆一游。

成都小吃

晚上在一家叫"盘餐市"的老店吃饭,又是蒜泥白肉、麻婆豆腐、担担面,这些老菜我百食不厌。盘餐市还有一个主角,那就是卤味。和潮州人的不同,这里的卤味味道并不那么浓,可是很好吃,同行的一些记者朋友说要买了打包回香港。

我自己一个人蹓出去的时候,在同条街上找到雨田烧菜,那里大盘子的红烧肉和妈妈做的一模一样,荷叶蒸肉也是出名的。红红一大碗的是西红柿炖排骨,极美味。

走过去一点,有一家叫"自力面店"的。那个"麵"字简写为"面",好像拚命照镜子。这是说笑,这家的牛肉刀削面很精彩。还有脆臊牛肉面,所谓臊,是铺在面上的材料,这里的是炸脆的牛肉。

吃面吃得兴起,可尝荞面,就是日本人所谓的 soba 了。中国人吃荞面的历史比日本人久,他们的是从我们这边传过去的。这家的臊子有酸菜、烟熏干笋烧牛肉,很辣,很刺激。

走过一点,有一家店,店名让你惊奇,叫"三倒拐小娘饭店"。

原来三倒拐是一个地名,店名并不是把小娘拐来的意思。这家人做盐菜出色,所谓盐菜,是把酸菜剥皮抽筋,干炒得很细而成的,像福建人的浒苔。

顺兴老茶馆

地址：成都市沙湾路 258 号国际会展中心三楼

电话：028-87693202

盘餐市

地址：成都市华兴街 64 号

电话：028-86750609

雨田烧菜

地址：成都市华兴正街 73 号

电话：028-86781582

自力面店

地址：成都市华兴街 77 号

电话：13708182472

荞面店

地址：成都市华兴街纯阳观 19 号

电话：028-89625526

三倒拐小娘饭店

地址：成都市永兴巷 2 号

电话：028-88098139

小杨生煎包

闻名已久的小杨生煎包据说是在上海吴江路上,又听闻搬了地方,新址模糊,我只好请网友波子带路,和杨惠珊的秘书小宇同往。

以为是一家路旁的小店,从前卖生煎包的,像淮海路上的那家,都躲在弄堂里面。哪知一到,发现这家店在一座商业大厦里,那里还有快餐厅和日本料理店。

已经有人排队。店很小,挤满了来客,桌上皆空,原来他们都在等食物。

人龙(编者注:粤语,指排队人群)都在买票,售货员慢条斯理的,把那叠又破又脏的碎钱数了又数。买了票,客人又去排队等着取食物。客人那么多,但这家生意做得很少。

我们先坐下,好歹由波子拿来了四碟,每碟有四个包子。到底有没有那么好吃呢?我怀疑。

包子块头很巨型,有香港叉烧包的大小。一口咬了,汁喷出,我从来没吃过那么多汤的。皮很脆,没有被浸软,这是功夫。馅很美味。

另外的那几碗牛肉汤,水兑了又兑,已喝不出是牛骨还是猪骨熬出来的;几片牛肉,更是又僵又硬。好在波子醒目(编者注:粤语,机灵,聪明),一早准备了饮料和一小瓶孖蒸(编者注:粤语,双蒸酒),不然喝不下去。

就算是仙人食物,也怕经营得非常不善。我想他们也不在意吧,不然老早可以向鼎泰丰学习,由专人在店前一一写下客人点些什么,即通知厨房,做好了,客人一坐下,即刻奉上。只有这样做,才能创出国际连锁品牌。

所有排长龙的店,都应该向鼎泰丰取经。他们在香港的直营店也采取这个制度,从台湾派来三十个楼面训练当地人一番,然后撤走。这一套管理方法是完美的,西方的计算机下订单,也不及它的效率。

生煎包名副其实,应说生煎堂吃,不能打包。到上海去的时候在现场吃吧,如果你有耐性等待的话。当然,你知道那等待,是无谓的。

小杨生煎包
地址:上海市静安区吴江路269号湟普汇二楼(近茂名北路)
电话:021-61361391

荔枝之旅

肇庆以裹蒸粽著名，市内许多商店都挂着粽子的招牌，又卖粽子又卖手信。当地的粽子在江水泛滥时是用来维生的，米饭多，配料少，粽叶又能防腐，故当地人有包粽的传统。

但说到好吃，首推东莞的道滘粽，那是先把五花腩用冰糖水泡制过，剁碎了，再和绿豆、咸蛋黄等等配料一起包成的粽子。蒸后肥肉融入粽中，令人百食不厌。

我这次到东莞公干，顺便大吃粽子和河鲜。湖中的大鱼有七八十斤重。另有各种小鱼，三分之一是鱼春（编者注：粤语，蛋，卵），煎过之后鱼排在一边，卵子排在另一边，又好看又美味，让人大叫过瘾。

富盈集团和政府合作，新建了一个粤晖园，重现岭南古建筑的神韵，如诗如画。我将组织一个旅行团，十点钟从香港出发，两小时后到达东莞，先在湖边吃一顿丰富的河鲜餐，饭后就去采荔枝。

人家都说增城的挂绿最佳，但以我过往的经验，还是东莞的

荔枝甜。去之前一两个月，先请当地师傅用荔枝养走地鸡，到时就可以享用名副其实的荔枝鸡了。

我们将要入住的五星级酒店里面有一间装修得豪华的浴足间，可以让大家做一个两小时的脚底按摩。晚饭就在酒店的餐厅吃，我试过他们的乳猪,出生十几天的,只有鸭子一般大。一只烤乳猪不够,我为他们设计了一道金银乳猪,另一只用卤水泡制。

翌日早餐,从各家著名的小吃店买当地最著名的糕果,另煲蟛蜞粥,这些都是香港早餐中吃不到的。

乘一个半小时车到肇庆,游七星岩,吃一顿文庆鲤鱼宴。再去游鼎湖,晚上享用和东莞不同的河鲜大餐。

第三天早餐在旅馆吃,参观完端砚村,最后再来一顿午餐,接着乘直通火车返港,一点也不辛苦。这才是旅游呀!

蔡澜微语

2019-10-9 16:36

这只是东莞美食的一小部分。(1)水乡美食城。特色菜:道滘棕、蟛蜞肉丸粥、鲫鱼蒸蛋、榄角蒸鳊鱼。地址:道滘镇花园大街7号101。(2)顺风山庄。特色菜:粥油浸粗粮、香煎蚬肉饼、红烧乳鸽、手工鱼包、小米糕、蛋挞。地址:南城绿色路水濂山路口。

澳门大仓酒店

十几二十年前,澳门只有一家比较像样的酒店,就是在码头附近的文华。后来澳门酒店的选择多得不得了,什么名牌的都有。但是如今到澳门过夜,我首选的还是开在银河集团里面的大仓(Okura)。

住宿

七八年前,当其他酒店,不管是什么大牌的,都没有喷水冲厕时,大仓已有此设备。当今连内地的五星级酒店中也开始出现,澳门有此设备的也还是只有寥寥数家。

和其他酒店比较,大仓是最少游客入住的旅馆之一,因为大家都忙着冲入赌场,想不到去细细欣赏它的服务,一旦住宿,才会发现它的好处。

Okura 在日本是一个响当当的名字,东京早期的最高级的酒店也只有帝国和 Okura。

中国澳门的大仓不算大,只有四百多间房而已,却拥有一个服务周到的团体。这些服务人员多数是从日本来的，穿着粉红色的和服是她们的特征，而领导着这群女侍者的是资深经理梁佩茵，她的英文名是Gloria（编者注：英语，格洛丽亚）。她从开业做到现在，对客人无微不至，实在是一位不可多得的人才，你有任何大大小小的要求，都可以找她办到。

房间方面，陈设不算豪华奢侈，但依照日本人的传统，非常之干净。我们到日本旅行去不厌，房间干净是一个很重要的因素，那样的房间能够在澳门的大仓找到，也是不易。有些酒店不到几年已经有残旧的感觉，这里和第一天开业时一模一样。

山里

世界上所有的大仓酒店里面，一定开设着他们传统的日本料理店——山里（Yamazato），而最正宗的山里除日本本土的以外，就是中国澳门这家了，中国香港也没有。

入住之后，晚上来吃一个丰富的怀石料理，是我到澳门最大的享受。今夜大厨为我准备的"特别全席献立（编者注：日语，菜单）"的第一道菜叫"先付"，是我们所谓的前菜，用一个黑漆盘子盛着以下诸物：小碗中装着京都的腐皮，上面铺了海胆、生山葵和三叶。另有"鬼灯卷"，是用蕗之薹（fukinotou）（编者注：日语，刚刚发芽的款冬花茎）的壳做成灯笼的一种装饰，里面装有酒煮西红柿、芋头的田乐烧（编者注：日语，把鱼、蔬菜等穿成串烧烤，抹上田乐酱的一种日本菜肴）。另有充满鱼卵的鲇鱼、酒蒸鲍鱼、甜番薯、鳢鱼寿司和茗荷等等。装饰品是用快刀削出的萝卜薄片，上面染了少许的红色，卷成一团，里面生了火当成灯笼，简直是艺术品。

第二道的"煮物椀"（编者注：日语，碗，木碗），煮的是甘鲷鱼、银杏、冬瓜、三叶、胡萝卜和松叶柚子，加了很小一片松茸，其香味已浓过一大捧的劣品。但这道菜主要是欣赏那个漆器的椀，盖子一打开，内盖绘着精美的松树和小鸟的图案。我当年乘JAL（编者注：英语，日本航空公司）的航班从美国飞日本时，他们就用这种餐具，令乘客对日本文化感到惊讶。

第三道的"向付"（编者注：日语，怀石料理中为主菜做搭配的菜），以一张新鲜的大荷叶为盆，里面的一小块日本海的本鲔，和印度洋的或西班牙的toro（编者注：日语罗马字，金枪鱼的脂肪多的部分）不同就是不同，也不必点调味品，搭配的酱油结成啫喱状。另有茗荷的花，以及上面铺着酸梅的八爪鱼刺身。

第四道是"烤物",烤的是梭子鱼,用写着日本书法作品的陶碟子盛着,配上还没有变红的绿色枫叶,表示秋天将要来到。

第五道的"合肴"(编者注:日语,蒸菜或炸物,多于烧烤与煮菜两道料理间提供),有稻庭乌冬、一大块北海道毛蟹的腿肉,上面有"发文字葱",这是一种葱丝的做法,将葱切得像古代女人的假发般幼,另有海带做衬托。

第六道的"变皿",是用京都贺茂茄子和丰后牛包的鸣门卷,用醋和大蒜调味。

第七道是"食事"(编者注:日语,饭),山里的大师傅一向会炊一大陶碟的有味饭,用新潟米加上各种蔬菜或肉类一块煮成,但今晚是山药和鲔鱼当菜,反而没那么美味,配饭的当然也有味噌汤和泡菜。

最后是水果,有静冈蜜瓜、宫崎杧果、熊本西瓜、爱知县的黄金奇异果和冈山的马斯卡特葡萄。

最后的最后,是安倍川的蕨饼。

这一顿卖多少钱?

澳门币两千元。

合理呀。

你会发现，所有好的日本料理价钱都是合理的，那些乱七八糟的假日本刺身店才会斩客。日本高级食府当然是贵的，材料、餐具都贵嘛，熟客会知道价钱是合理的，好餐厅有他们的自傲，绝对不会乱开价。

很可惜地，因为会欣赏的客人不多，澳门大仓有许多设施都在缩小，很多清酒专门店酒吧也消失了，山里的面积也没从前那么大了。

再多

在入口的那一层有间日本甜品店，虽然它甚受年轻客人欢迎，但为什么不加上日式的"洋食"呢？

大仓最著名的是他们的法国吐司（French toast），那是用最古老的方法做出来的，沾满了蜜液，吃进嘴里每一口都像丝绸般细腻，啖啖都像蜜糖。那种美味，没有亲自试过是不知道的。为什么不把这种传统搬到澳门来呢？

日式"洋食"还有很多种，像香甜的咖喱饭、蛋包饭、炸猪排等等，绝对会让人吃上瘾，店家绝对有生意做。

澳门大仓酒店

地址：澳门路氹城

电话：853-8883-8883

蔡澜微语

2018-8-29　06:43

澳门大仓酒店中山里怀石料理欣赏……

甘棠烧鹅

最近常去的一家餐厅叫"甘棠烧鹅",开在香港南华体育会。

为什么会跑到体育会去开餐厅?为什么要跑到体育会去吃烧鹅?

都是因为这一家是我的朋友甘焯霖开的。焯霖兄是已故镛记老板甘健成的远房亲戚,常在镛记出入,和一群师傅也混得很熟。得知该店的头号烧腊师傅"棠哥"冯浩棠退休,焯霖兄即刻和他合伙开了这家餐厅。棠哥是一个宝贝,店名就用了焯霖兄的姓和棠哥的名,故叫"甘棠烧鹅"。

棠哥还把他的左右手陈兆怀带来了,有好的烧鹅,没有专家来切,菜品是不好看的。陈兆怀这位快刀手,会将整只鹅斩件摆成一个异常优美的图案。

接着,甘焯霖又纳入了厨房师傅邓锦顺。邓师傅之前在聘珍楼当大厨,煮得一手好菜。这样一来更是如虎添翼,不然只卖烧鹅,也会过于单调。

一切准备就绪，在什么地方开才好呢？人才就是花钱的，如果加上贵租，那么一餐下来没有一万也得八千，这不是甘焯霖想要的，我也不喜欢这一类贵店。

恰好他的结交广阔，知道南华会有一空置商铺，之前是茶餐厅，他又和南华会主席卢润森是老友，就决定在那里开。南华体育会是一所历史悠久——超过一百年，运动多元化的平民体育馆，相信很多老香港人都在那里打过保龄球。

南华会一般人是进不去的，要当会员才行。但会籍费用大众化，一个月的"观光会员"只要港币二十块罢了，一年的普通会员一百二十块。客人在甘棠吃完即可入会，甘棠会赠送价钱相等的食券，等于不要钱。南华会永久会员则是一千五百块港币，当今入会最适宜，再下去可能要加倍。

这么一来可以压低租金，客人吃东西就可以享受到平民化的价钱，绝对没有被斩得一颈血的感觉。我每次请朋友付账，或某友人抢去给钱，都无伤大雅。

甘棠烧鹅的宗旨是美味求真、承传创新，都是符合我的要求的。主掌的棠哥虽然已达退休年龄，但好师傅哪有年纪的限制？他们是会越做越好的。棠哥仍然很有魄力，他过去的工作都在烧味上，师承烧鹅大王甘穗辉以及烧味大师劳福成，可以说是当今最有经验的师傅。甘焯霖希望他的经验可以传给徒弟们，不让怀旧的烧味失传。

怀旧烧腊是什么？有金钱鸡、烧凤肝，还有快失传的琵琶烧鹅，也是多年后我才又吃得回的记忆！昨天晚上，更试了怀旧扎蹄，做得软硬恰好，不像当今的硬如石，咬不动。另一种扎蹄，是怀旧的虾子扎蹄，我本来常到陈意斋去买来当零食的，甘棠做的切得大大块，柔软喷香至极，味道更上一层楼，到了甘棠，非试不可。

创新的烧腊是用西班牙猪肉做的肥燶（编者注：粤语，焦，煳）叉烧，又名"甘一刀"。甘一刀是切了肥肉和半肥肉，烤得发焦，再一大块一大块地斩出来的。选用的肉有限，要吃这道甘一刀，得预订。

另有鹅肝，不烧烤了，把鹅肝用慢煮的方法以卤水烹调，成品可以与法国鹅肝媲美。

年轻人对金钱鸡也许不熟悉，我再讲一遍。这道烧腊已很少有店会做，做出来的也大多数只得其形而失其味。材料是鸡肝、全肥肉和三层肉。过程是将以砂糖腌制三天后成为冰肉的肥肉切片，另外，鸡肝也切片，叉烧也切片，串起来烧。棠哥用他的秘方，在中间加了一层马蹄，使这道菜更有爽甜的效果。

扎蹄当今相信也只有在甘棠才能吃到，因为制作繁复需时。主要是先把新鲜猪手的肉和骨头取去，然后塞入猪舌下的肉，俗称"鲍鱼肉"的（这些肉一头猪也只有两小件），最后酿入猪手用卤水慢慢浸熟。

除了烧味之外，厨师顺哥煮得一手好菜，最先上桌的煲西洋菜汤已见功力。

为什么会与众不同？为什么那么好喝？为什么那么浓郁？

顺哥也不会当成什么独特秘方，他说："先买最新鲜的西洋菜，十人份的汤最少要用五斤。先取一半西洋菜煲汤，煲至一半，用打磨机打碎，再把剩下的一半放进去再煲。其他原料有陈肾和生鱼，生鱼要先煎过，和南北杏一起放入汤网中，再和猪踭一起煲三至四小时，即成。"

当今天热适合吃瓜，我喜欢的苦瓜炒苦瓜这里也卖。苦瓜一半就那么炒，一半用高汤灼过再炒，加上等的豆豉（先爆香），再炒，这道菜有两种不同的口感，非常好吃。

天冷吃菜，天热吃瓜，另一种汤叫个冬瓜盅吧。它的汤底用鲜鸡、田鸡、赤肉来煲，瓜中放甘棠拿手的烧鹅片、西班牙猪肉粒、鲜鸡片、田鸡腿、鲜蟹肉、火鸡肾、鲜虾、莲子、胜瓜和夜香花，真材实料。

甜品较为单调，是用上好的陈皮煮出来的红豆沙。

甘棠烧鹅
地址：香港铜锣湾加路连山道 88 号南华会一楼
电话：35802938

莆田

小时，我家隔壁住了一家福建人，他们一直教导我福建文化，让我学会了一口流利的闽南语。食物上，他们更是仔细地把各种地道菜和我分享，令我对福建菜深深入迷。

便、靓、正

长大后在各地住，很多异国菜和中国食物都尝遍，少的只是福建菜。说福建人不会做生意，倒也不是，当今在全国遍地开花的沙县小吃，就证实了他们的成功。

闽南人尤其勤俭，他们认为与其去餐馆吃，不如在家做，又便宜又好，所以福建菜在自己地方以外，相对地比粤菜、川菜少。

来了香港，一直想吃福建菜，但在这里要找一家做福建菜的店都难，只有屈指可数的一些小食肆刻苦经营。所以，我在二〇〇九年四月二日的报刊上写了一篇文章，呼吁福建人来香港开餐厅，当大力为之免费宣传。

到了同年五月，一个叫方志忠的年轻人持了我新加坡好友潘国驹的一封介绍信来见我，说想在香港开一间福建菜馆。我听了非常兴奋，要求试菜时一定要叫我。

过了不久，方志忠果然打电话来，经练习又练习，他终于可以开业了。

餐厅叫"莆田"，原来在新加坡已开了多家，生意好得不得了，但方志忠说来香港登陆，得从头做起，非得小心不可。

吃了一大顿，咦，和一般的闽南菜还是有分别的。原来福建省很大，各地方言各异，吃的当然也不同。东西是好吃的，但怎么才能在香港成功开店呢？方志忠问道。

我回答：便、靓、正是三个硬道理。不管是做什么菜、在哪个地方开店，只要死守住这三条，就永不会失败。但所谓的"便"，不是便宜那么简单，像要吃海中鲜，哪有不贵的？但价高价廉是相对的，比别家便宜，就是物有所值。

"靓"是好吃，地方干净光亮也属于靓。至于"正"，当然是正宗，不投机取巧。

方志忠一直遵守着这三条，默默耕耘，从二〇〇〇年第一家店在新加坡开业以来，培养了许多有质素的员工，一家开完才开第二家。当今,他在香港已经有八家店,在全球共有六十五家了。

明星菜

什么菜吸引了那么多的顾客?当然是他们的明星菜。先来一碟头水紫菜。什么是头水紫菜?原来紫菜还分头水、二水、三水,甚至到十二水。

每年秋冬交接时,正是一年一度的紫菜收成期。紫菜第一次收割仅有七天的黄金采割期,这时的紫菜叶片极细嫩、产量极稀少、口味极鲜,稍一用力就能扯断,接下来收割的韧性跟着增强,当然口感就差了。

莆田这地方有一望无际的紫菜养殖场,也是方志忠的家乡,他从那里拿到最优质的货源。将紫菜在当造时撒上一点小鱼,淋上特配的酱汁,就是一碟令人惊奇的好餸(编者注:粤语,指下饭的鱼、肉、蔬菜等),让人百食不厌。紫菜的好处就是能够晒干储存,且味道不变,浸水后还原,和新鲜的一样,这么一来就全年都能够吃到了。

接下来是福建三宝:莆田扁肉汤、百秒黄花鱼和莆田卤面。扁肉汤,是用猪肉打成极薄的皮,包成小云吞煮成的。百秒黄花鱼,一人一尾不必争,鱼从离水到煮成,不会超过一百秒,这样才能保持肉和汤的鲜度。

面也可以用卤汁来做吗?莆田卤面的实际做法是下猪油焗五花腩肉,再下发好的冬菇丝和生蛤肉爆炒,上汤沿锅边下,滚后加葱油渣和生虾,再下生面,淋油,淋酒,关火上菜。试过的人无不叫好吃。最近他们还加了一道福建海鲜卤面,面中加了多种鱼虾,也很受欢迎。

莆田当地有种特别幼细的米粉,并不像一般漂过的米粉那么雪白,带着浅褐色。这种像头发般粗细的米粉爆炒后也不会断,特别容易吸收汤汁。它的制法纯粹天然,即太阳晒干,这一制法已被列为"非物质文化遗产"。各位一试,便知道它的特别之处。

当然,和一般闽南菜相似的也有传统的海蛎煎,也就是潮州人所谓的蚝烙和台湾人的蚵仔煎,但与其他地方的味道有微妙的不同。

别的地方叫作"九转大肠"的,这里叫"小肠"。把小肠翻完又翻,像有九层重叠的感觉。小肠吃起来也特别香,喜欢吃肠的朋友不容错过。

因在新加坡起家,莆田的菜单上少不了海南鸡饭。在新加坡住久了，师傅也能掌握到正宗的做法。

分店开多了，菜式也不断地增加。方志忠看中了莆田养的鳗鱼，创出泉水现煮之法，只放姜丝、枸杞和盐，不加其他调味品，用泉水把鳗鱼片烫熟上桌，汤鲜肉甜，鱼皮嫩滑弹牙。

以鳗鱼为食材的还有铁板香煎，将鳗鱼煎到鱼皮微卷、鱼肉泛金黄，只需撒上一点海盐就令人吃个不停。

方志忠知道钱是赚不完的，所以他能一直保持着水平，又去开另一家了。

镛镛

镛记自从第二代传人甘健成去世后,有些家庭纠纷,入禀(编者注:粤语,上诉)法院,被判清盘。客人以为清盘就是倒闭,其实这是处理财产纠纷的最佳方法:把物业做一个估计,平均分配。

现今,所有问题都得到了公正的解决,老镛记继续由甘健成弟弟甘琨礼接手,可以有一个新的出发了。镛记第三代后人一直想往外发展,第一间店在机场初试,但地点偏远,又不是全天候的,故没产生什么影响。

现在时机到了,K11 MUSEA想打造全城最高级的商场,把镛记这个老字号纳入,给予最适宜的位置。你要从洲际酒店那方向进入,在商场正门上电梯,千万别从Rosewood酒店(编者注:瑰丽酒店)上来,两家酒店是位于商场一头一尾的。

新餐厅取了一个可爱的名字,叫"镛镛",英文名为Yung's Bistro。bistro有小馆的意思,但镛镛地方甚大,总面积有五千三百尺，还有一个两千多尺的对着中环的露台，从那里看到的景色是一流的。香港天气一直像夏天，在外面喝杯鸡尾酒后进食，或饭后来根雪茄，甚为理想。

吃的方面呢？一般和老铺记的餐牌没什么不一样，又加上十二道"尝回忆风味"，有"叹"烧原只鹅髀、堂煎荷包鸡蛋、流心西施炸虾丸、蟹肉金瓜焗蟹钵、老陈皮泼水翅、烩乌刺参、鸳鸯远年陈皮牛肉、家乡梅菜扣腩肉、手撕烟熏童子鸡、礼云子蛋清配两口饭、童年大白兔糖奶冻等。

当晚和友人夫妇专程去试新菜，认识我的人都知道我吃东西不多，只是浅尝，所以没叫太多菜。到了铺记不吃烧鹅怎行？要了烧鹅腿，二百九十元、炸虾丸二百、陈皮牛肉三百、礼云子蛋清配两口饭三位三百九十、梅菜扣腩肉三百二十，没喝酒，加上矿泉水八十，再加小费，一共花了一千七百三十八块，人均消费五百七十九点三元。

这价格，在那么时尚的地点的全新装修的餐厅吃，比起吃西餐是公道得不得了的，跟日本的 Omakase（编者注：日语罗马字，厨师发办）比较，更是便宜得令人发笑，这一餐吃得很值得。

这完全是相对的。在老铺记，一盒叉烧饭外卖约六十五元，堂食九十元，客人就有微言。尤其是叉烧这种东西，一长条有时斩到半肥瘦的就好吃,全瘦的部分人们就嫌硬。烧鹅也是如此,每逢鹅肉香软的季节就怎么烧都好吃,过了之后有时就太硬,这又是让人投诉的原因。

新店镛镛干脆用鹅腿,这个部位怎么烧都好吃,你下次去叫这道菜好了。

至于价钱,有很多餐厅分中餐和晚餐两个价格,这有点混乱,新镛记用的是全日餐(all day menu),统一起来反而是公道。

另外,在下午两点至五点半的非繁忙时段内,他们也供应一个点心餐牌,客人更是吃得轻松。

说回老镛记,它已是中国香港代表性的地标餐厅了,从中国内地来的游客,还有来自马来西亚、新加坡的,都要前来参拜,生意还是源源不断的。

有没有米其林星呢?这一点镛记倒不在乎,而且所谓的星,是外国人的标准,和本地食评格格不入。我到欧洲,当然相信他们的评语,但是在亚洲可以不必听从,而且他们也没有办法说服我。

举个例子,我就不相信他们吃过镛记八楼的"尝真"菜,要不然他们一定会惊为天物。我也是要有隆重的场合或特别的节目才去,刚好最近收了干儿子和干媳妇,又到八楼吃一顿。

在镛记，除了上契（编者注：粤语，认干亲），还可以举行拜师宴。当年甘健成很注重这些礼节，也照足古老习俗举办这一类的飨宴，这些其他餐厅都不懂得。

这传统还是留下的，当天的上契宴上有兰亭宴，先摆设上五种小吃：清酒非洲鲍、椒盐海参扣、蜜汁金钱鸡、白灼猪心蒂、素心石榴鸡。

鲍鱼用的是一头装的罐头，不必加料，就那么切开，也有独特的香味。与其吃硬得像石头的所谓干鲍，我宁愿吃这种罐头鲍。海参扣就是海参的肺，吃起来爽爽脆脆的，十分美味。金钱鸡当然是用古法制作的。猪心蒂虽然是不值钱的猪心脏血管，但处理困难，变成高级菜。石榴鸡是素的。

其余的菜有雁塔题名、衣钵相传、妙笔生花、平步青云、名扬四海等等，菜名取其吉利之意，但都是花功夫仔细分析得来的。还有蒸星斑、红烧鹅掌和大花菇、蒸灼鹅肠、炸新竹米粉淋上麻婆豆腐、竹笙包露笋火腿丝、蒸荷叶饭等等。

当然少不了一上桌就让所有客人难以忘记的"二十四桥明月夜"，那是甘健成和我所创，我们由金庸小说中得到灵感，把一只火腿削成两半，用电钻挖出二十四个洞，填入豆腐再蒸八小时，这是只能在八楼吃到的菜。

当然还有各种吃不完的佳肴。除了上契和拜师,各种中国礼节上的仪式,在香港当今也只有镛记留下了,他们可以全部依足传统摆设,并教你怎么完成。

大家都问我吃这一顿要多少钱。人均消费是一千五至一千八百元。这个价钱,你跟朋友吃西餐或日本料理,怎么吃也不会哇的一声叫出来。试试看吧!

飞行等级

当今世界上的航空公司，座位大致分三种：头等、商务和经济。

以我完稿时的最新资料，用香港往返飞伦敦为例，大致来说，一张头等舱机票的价钱可买两张商务，一张商务的价钱可以买四张经济，而一张头等约是九张经济的价钱了。

当然，你可以拿积分来换取机票，但机会难如登天。聪明的消费者会先买一张经济或商务，再以积分去争取更高的等级，这样成功的可能性较大。

与其花那么多钱去坐头等，不如忍一忍，乘经济，省下那几万块去购物，多好？这也是一种想法，但你的钱多到花不完时，就不会去打这个主意了。而坐商务舱的多数是公司出钱让人旅行的，也不计较价钱多少了。

航空公司的算盘打得比你响，他们发现，经济舱的收益占总收入的五至六成，而商务的已占三成以上，头等的只占不到十巴仙，所以有些短程的航线，他们干脆取消了头等，只有商务和经济。

但是，近来的贫富悬殊已变得强烈，有钱的更有钱，所以那些产油国和经济起飞的亚洲国家的航空公司都增多了头等的座位，有些还以套房、浴室等服务招徕，收益会达到十五巴仙左右。他们拼命从这方面动脑筋，可怜的美国航空公司望尘莫及，生意都被抢走了。

由于人们生活质素的提高，商务舱已是抢手货，不管是否公费，大家一坐过之后，已不能再去坐经济舱了，自掏腰包也非商务不可。有些航班已是一半商务一半经济了，更夸张的是整架飞机只有商务的趋势。

人往高处走，乘商务舱的人心中也一直想要坐头等舱。头等舱那么好吗？值得吗？

乘客可以把座椅当床平卧是头等舱最大的特点，但这种服务多数的商务舱已能做到。

吃得好，喝得佳吗？也不是，所谓的香槟皆非第一流的，鱼子酱更是咸得要死。坐欧洲的航空公司的航班，头等舱还有一点头等味道。亚洲有钱人通街（编者注：粤语，满街，到处）都是，亚洲的航空公司不当你是贵客。坐头等，只能遇到一些不肯退休的空中服务员，反正不会被炒鱿鱼，他们也狗眼看人低了。

说什么也是商务舱物有所值,但物有所值这句话是昂贵的,当今的旅行费绝不便宜。

经济舱那么不好吗?

的确差。第一,座位狭窄得不得了,尤其对腿长的人来说。如果旁边坐的是一个胖子,那更糟,他会拼命把手臂伸过来侵占你的地盘。如果是一个酗酒的,会更令你受不了,而且是十多个钟头的受不了。

不过,喜欢旅行的人谁最初没有经过坐经济舱的阶段呢?有得出国已是幸福,哪管什么舒不舒服?那种兴奋的心情已经盖过一切的辛苦,年轻的我只要闻到飞机的汽油味,就快乐得很。

当年商务舱还没设立,飞机只有头等和二等,前者我当然不够资格乘坐,后者是唯一的选择。

一登机,即刻看有没有其他的空位,如果能够找到旁边无人的,就可以把蜷曲的身体舒展一下,把脚架过去。要是碰上后几排没人,更像中了彩票,飞机一上天空,马上霸占。那时候飞机座位的手柄还可以拉起,有了三个空位,就能当床,舒舒服服睡他一觉。

要是全机满座,那就什么办法都没有了,随遇而安吧!幸运时，旁边坐着一个和你一样喜欢旅行的女子，和你一路分享她的趣事；倒霉时遇到丑女，喋喋不休，但也好在是异性，一个永远话说不完的男人更讨厌。

第二，吃的当然是难以下咽的东西。最初旅行的经验已告诉我，千万别去期望。教训自己一定要带食物，我的随身行李总是大包小包的，尽量是一些零食和当地美味，像叉烧、糯米鸡、椰浆煲饭之类。杯面更是不可少，无论我乘坐商务还是头等，这习惯至今都是不变的。

酒是最好的镇静剂和安眠药，也不求机上免费供应，自带一瓶甜的，像BAILEYS（编者注：英语，百利甜酒）或波特酒，另一瓶烈的，白兰地、威士忌皆宜，喝到昏昏欲睡，醒来又把前者当甜品，总之无醉不欢，直到到达目的地。

看电影是最大的乐趣。当今的经济舱，前座的椅背上已有荧幕，乘客一部电影看完又一部，电影看完再看电视片集、纪录片、新闻，什么都看，看到眼皮重如石头为止。

阅读更佳，最好是金庸的小说，亦舒的也好，但要多带几本。励志书最能催眠，哲学、宗教的也有同样的功能。

但经济舱对我来讲始终是一个噩梦，尤其当年由新加坡夜航到泰米尔那一程。整架机的印度乘客拼了老命大喝，洗手间充满秽物。想睡，盖的被也有一阵难闻的味道。自从那一程后，我立志赚钱，一定要让自己在旅程中过得好一点。各位不想乘经济舱，也只有和我一样往钱看了。

外卖经

有些日子,我经常要在国内的各大都市旅行,有的是为了公务,多数有人请客,东西他们认为有多好吃就多好吃。但一天下来已心身疲倦,还要与一群陌生人共餐,做无谓的交谈,想起来就觉得怕怕。

那么去自己喜欢的食肆吃个饱吧!这个念头的确是闪过,可是,第一,当你已经疲倦时,等菜上桌是一件恐怖的事。第二,还要花时间在路上,尤其是随时随地会发生交通繁忙。第三,也是最致命的,就是不知道对食物会不会失望。

算了,算了,饿死算了。这么想,当然是开玩笑,人生最大的痛苦莫过于挨饿。

有什么解决办法?有呀,叫外卖呀。

叫什么好?这么一问,得到的答案当然是麦当劳。这个无孔不入的"恐怖组织"出现在几乎所有都市里面,要逃避它的广告,已是不可能的。

我可以很骄傲地告诉大家，这一生人我没有吃过麦当劳。"没有吃过怎么知道好不好吃？你不是说过，所有的食物要试过才有资格评论它的好坏吗？"友人批评道。

对，对，说得一点也不错。我不走进麦当劳，不是因为东西不好，而是我不能接受美国人对食物的这个观念！快餐，我不反对，我可以用铁锅将菜热炒出来，一分钟也不需要，要多快有多快。

我不赞同的是死板的流水作业。煎一个鸡蛋罢了，怎么可以用个铁圈把鸡蛋圈住，计算标准时间完成，做出几百万、几亿个完全相同的煎蛋来？

食物要经过母亲的手，或者是一个固执的大厨的手，才是食物呀！但这么想始终不实际，我一生漂泊，这样的食物怎么可能每一餐都享受得到？吃不到的话，我宁愿挨饿，但也有变通的方法，如次：

到达酒店后，虽然知道酒店餐厅很少有美食，但还是会拖着疲倦的身体去点来吃。大多数时间是叫房间服务，看了餐牌之后大点特点，肚子一饿，就能把餐单上所有的东西完全叫齐。

结果，又是剩下一大堆。

有什么更好的方法？当今内地送外卖的服务效率异常之高，

我们可以在手机的app上看到周围的餐厅有什么菜,一样样地叫了。在我洗澡的时候,同事们就会去食肆拿回来,或请服务员送到。这一来可丰富了,要什么有什么,最差的也有一个上海粗炒。

当今,连火锅也可送外卖。餐厅会把食材一纸碟一纸碟地切好、铺好,用玻璃纸封住,然后送个即用即弃的火水炉(编者注:粤语,煤油炉)来,极薄的铝质锅子派上了用场,加上一大堆蔬菜或粉丝、细面类,我们吃个不亦乐乎。

如果时间充裕,我们会先在便利店前停下,走进去,那里什么都有,最后买了各式各样的方便面、几罐啤酒、肉类罐头或者花生等。

去到有老友的都市最幸福了。还没有入住上海的花园酒店之前,我已打电话给南伶酒家的陈王强老板,买枪虾、油泡虾、马兰头、烤麸等小菜,再来红烧蹄髈、生煸草头、腌笃鲜等等,在酒店里吃个大餐,就是可惜不能把蛤蜊炖蛋也打包回来。

当今,鳗鱼饭在内地流行起来,各地都有专门店,饭装进精美的盒子里,还有一碗鳗鱼肠清汤。送来的当然是不正宗、不好吃的鳗鱼饭,但是有甜酱汁淋在饭上,也可以吃几口。

在意大利旅行当然吃不到中国菜,不过走进他们的肉店,什么火腿、香肠、芝士、肉酱都齐全，一切外卖都是完美的。我这个人不在乎吃冷食物，吃得很惯，这也是上苍赐给我的口福。

日本人是外卖高手，他们的便当于我是家常便饭。最差的是几个饭团，有鲑鱼的或明太鱼子的，有时只有一粒酸梅，但另有泡菜来送，也能解决。

最奢华的是这次在新潟，不想到外面吃，和好友刘先生两人各叫了一个便当。送到了房间一看，好家伙，是个用精美的绢花布包着的大盒子，打开了布，里面有三层的透明塑料格子，放着各种刺身、烤鱼、日式东坡肉、烧牛肉等等，当然还有白饭、面酱汤和泡菜，不吃剩才怪。

回到基本，酒店的室内服务有点保证的是"亚洲选择"，综合了大家都吃得惯的菜式，最典型的有云吞汤、海南鸡饭、叻沙、印度尼西亚炒饭等，比什么西方三明治都可靠。虽然有时也遇到难以下咽的，不过如果你叫一碟咖喱饭，总可以保证吃得下。

咖喱饭分牛肉、鸡肉和海鲜的，千万别叫鸡肉的，肉冷冻得一点味道也没有了，海鲜的也是，虾已冻得半透明。牛肉最妥当，怎么煮都好吃，运气再坏，也不过是老得咬不动的。最差的也有咖喱汁，这是外卖的经典食物，别错过。

外卖总令我想起当年拍电影时的情景,那时我们蹲在野外挨盒饭,但有得开工,不会失业,还是有幸福感的。

蔡澜微语

2018-3-1　09:44

温泉旅馆一向包早、晚二餐。这次中午不出门,想叫一个简单的便当试试,结果又变成大吃大喝。

亚洲东方快车

受好友廖先生夫妇邀请，我又去了一趟新马泰。

这回乘的是火车。早年旅行家们形容冗长的航海为"坐着开往中国的慢艇"（on a slow boat to China），比较当今高铁的速度，这次乘的火车可以说是"开往东方的慢车"了，从曼谷到新加坡，我们一共坐了三天三夜。

我们当然是乘的豪华"Eastern & Oriental Express"（编者注：英语，亚洲东方快车）。我们都受克里斯蒂的侦探小说影响，一说到东方快车，满脑子都是挂满水晶灯的餐卡（编者注：粤语，车皮，车厢）、穿着晚礼服的风流人物，接着浪漫的古典音乐传来。

东方快车当然已失去昔日的光彩，但在今天来说，乘坐东方快车已算是一段非常舒适和难得的旅程，没经历过的旅行者都可一试。

这已是我第二次乘坐亚洲东方快车了，第一次是陪伴着查先生夫妇从新加坡到曼谷，那已是一九九三年的事了。刚好友人送了我一瓶同年入樽的Glenfarclas（编者注：英语，格兰花格）威士忌，我们一路慢慢喝，它有些梨木桶的浓厚香味，比火车供应的免费鸡尾酒好得多。

这次乘有什么不同呢？已找不到当年穿着马来传统服装的少女，代之的是服务周到的泰国火车少爷。火车照样缓慢前行，因为车轨一直以来都没有更换，相当窄小，所以火车晃动得剧烈，开动和停止时也发出碰接的巨响，也是非常恼人。

停下来时，我们特别请火车职员安排了一个烧菜的课程，教的有两道菜——冬阴功和辣肉碎。下车后先由导游带我们到当地的泰市场走一圈。

我最喜欢吃的是肉碎捞面（Ba Bi Heang），找到一家最传统的，连吞三碗，又是汽水，又是炸猪皮，又是甜品，加司机和导游，我们大吃特吃，也不过港币两百元。

吃完到岸边上船，是艘驳拖艇，平底的，航行时稳如在平地。我们由当地名厨教导怎么用椰浆、虾汤、南姜、香茅、咖喱叶、草菇、鱼露、芫荽和辣椒粉煮出一锅汤来。冬阴功的"功"字是虾的意思，一看大厨用的是海虾，已知不对。

海虾的膏比不上河虾的多，煮出来的汤没有那种诱人的又黄又红的颜色，虽然用辣椒油来增色，也不够红。而且很多大厨永远搞不懂的是，椰浆一滚，椰油的异味就会跑出来。我再三指出，但都被他们敷衍了事，唉，算了！

继续上路，第二个可以停下来的地方是看马来西亚的橡胶树的。当今这一工业已没落，但看女士们怎么割取乳白胶液，对游客们来说还是有趣的。

在车上的时间，可做足底按摩。餐车有两卡，一卡高级，一卡平民化，可以轮流来吃，这是高铁没有的。

食物更不是高铁的比得上的，基本上是西餐，但有时也供应叻沙之类的当地食物，早餐更是送到房里来，鸡蛋要怎么做都给你做得完美。廖太太是位牛油狂，我本来不太喜欢面包的，也受她影响，在面包上抹一大块一大块的牛油，撒上盐，主食还没上之前已吃个半饱。

车厢一样。这次入住的房间和上一回一样，是一卡只有两间的总统套房。房间名字好听，但也不宽敞，浴室里只有花洒，车子停下来时冲凉较稳。在车上遇到几位肥胖的外国人，如果他们能挤得进去，也不怕摇晃了。

火车从曼谷中央车站出发，客人们都早到了，没事做就待在休息站中干等。建议大家勇敢一点，走到普通火车的大堂就可以买到大量的腰果、开心果、鱿鱼干等零食，一大堆捧到车厢，可以解闷。

火车慢慢开出，轻空轻空作响，左左右右摇动。吃了晚餐特别容易入睡，忽然发现火车不动了，原来是它停了下来，让客人安眠。

火车又发出巨响，我们已闻到早餐香味。过了不久，到了我们的第一站，就是桂河大桥站。这里对英国兵来说不是很光彩的史迹，当今当然一点战争痕迹都没有了，代之的是一个避暑胜地。十二月初，这里凉风阵阵，让人感觉根本不像置身泰国。

这次才知桂河的"桂"字原来在泰语中是河的意思，照土语来念，"桂河"变成了"河河"。

最后一卡是开放的车厢，旅客可以在这里吸烟和吹风。乘火车，日落、日出没什么看头，不像在邮轮上看那么过瘾。

酒吧有位上了年纪的歌手，有时打扮成 Elton John（编者注：英语，埃尔顿·约翰），穿得花花绿绿的，用钢琴弹出各种乐曲，看到什么人弹什么歌。

乘欧洲的东方快车，尤其是冬天雪茫茫时，一路可以看城堡、酒庄的风景。但乘这辆亚洲东方快车，最初看到橡胶树时大家还会拿起手机拍风景，经过河流时小孩子会跳下戏水，但是连续几天都是那些东西，大人们还是躲进酒吧去了。

终于到了新加坡，火车站这块地没什么发展，和数十年前一样。前来迎接的车子已停好，廖先生、廖太太迫不及待地跳上，赶着到发记去吃蒸鲳鱼，还有他们念念不忘的甜品，那是用猪肉蒸芋泥的失传潮州名肴。

大吃特吃，我在新加坡停了两天，拜祭父母，到第三天又飞回吉隆坡。在那里，我要为二〇二〇年的书法展看场地和做准备了。

"海浪号"火车

旅行，除了乘飞机，还可以坐邮轮，较少人懂得享受的是乘火车。

乘火车是那么浪漫，尤其是对阿加莎·克里斯蒂的书迷来说，看过她的侦探小说的人，都会爱上那辆东方快车。

但火车始终是由一个站到另外一个站的，不像邮轮那样，可以停泊在一个小岛让旅客玩一轮。客人可以晚上在船上睡觉，翌日又到另一个旅游点观光，这是邮轮的长处。

综合了邮轮和火车特点的，有苏格兰游威士忌厂那条旅行线路，旅客睡在火车包厢中，第二天又到另一个厂去喝个饱。我上回去过，非常之喜欢。

在亚洲，有亚洲版本的东方快车，从新加坡出发，经柔佛海峡到吉隆坡，再抵达槟城，然后去到曼谷。这条线当今也开到老挝去了，如果进一步进入中国，当然是值得走一走的。可惜它也只是在各个都市停一停，不像邮轮游那样带乘客去观光后再继续出发。

较为像样,也很少人知道的,是韩国的"海浪号"火车,英文叫 Rail Cruise Haerang。观其名即知是铁道(railway)和乘邮轮航行(cruise)的综合,去到哪里停一停,旅客观光后睡在火车中,再旅行。

我们这次走的是"海浪号"一夜两天的那条线,从首尔的火车总站 KORAIL(编者注:英语,韩国铁道公社)出发。我们踏入火车,先看豪华包厢,面积比亚洲东方快车的总统套房的还要大。一张双人床,一套可以坐着观景的沙发,它们并非像日本列车上的那样折叠起来,而是安安稳稳地摆着。浴室、洗手间也都大,一节火车车厢只给三间房占着。

餐车占一节，观光客厅在另一节车厢，公共享用场所宽敞，整列火车只乘五十多位客人罢了，怪不得车长宣布：韩国人口五千万，"海浪号"只供一百万分之一的人享受。

火车缓慢行走，和当今的子弹快线有强烈的区别。除了机头组，全部工作人员出来相迎，在观光厅中做自我介绍，是一群精挑细选出来的英俊男孩和漂亮少女。他们各个身兼数职：侍者亦是魔术师，登台表演，手法不逊职业的；少女为我们铺床单，亦做导游工作，闲了就载歌载舞，忙个不停。

午饭时间到了，吃的盒饭菜式非常丰富。饭是热的，当然少不了各种泡菜，还有一碗热汤。啤酒是任饮的，酒徒们已开始微醉，回到房间小睡了一会儿，火车已经抵达一个叫"顺天湾"的车站停下。客人坐上了巴士。咦？车长不是刚才弹古筝的那位女子吗？前往顺天湾的路上，她一路介绍景点风光，说顺天湾是世界五大湿地之一，为韩国最大的自然生态公园，拥有芦苇丛二百多万平方米，是两条大川和海湾的交界地域、白头鹤等两百多种鸟类的栖息地。

她用韩语说完，见我们是中国人，又用普通话解释一遍。我好奇地问她怎么会说普通话的,她娇声说:"不会讲普通话,就做不了导游工作了。"

到达顺天湾,看到那一望无际的芦苇丛。要是在秋天的话,芦苇开起白花,这可是在世界上其他地方找不到的美景。如果张艺谋看到了这里,一定多拍几部武侠片。

我们在芦苇丛中散步,植物都比人还要高,从高处俯望,人那黑发像火柴头,蔚为奇观。另一处是一片泥泞,黑漆漆的,细腻得如丝似锦,长出无数的蛳蚶,肥大甜美,烫熟来送酒,一流。在那里喝到的土炮(编者注:粤语,粤西一带俗指农家用纯米自酿的米酒,一般度数较高、口感醇烈、后劲大)玛歌丽,也是我在韩国喝过的最好的。各位有机会试试,也一定会认同我所说的"值回票价"。

参观完顺天湾后我们又到宝城绿茶园。韩国喝绿茶的历史并不悠久,新辟的茶园根据山形种植茶树,很艺术化地设计成一个巨型的图案,又有高入云端的笔直巨杉点缀,茶可醉人,景亦醉人。

又开始想喝酒了。车子载我们到一个乡下餐厅,火车职员充当招待,又劝酒又唱歌,大家大吃大喝,当然有大量的蛳蚶和各种山珍海味。这一顿饭,名副其实地不醉无归。

回到火车上，火车摇摇晃晃的，让人可以轻易入眠，睡眠不安的乘客也不用紧张，火车到达了目的地光州之后就停下，你们可以一觉睡到天明。

我认为光州是最佳的品尝韩国美食的地方。乘客刚起身，火车上就供应白焓汤饭。六点半出发，带各位去锦湖水疗村，那里有二百一十三间按摩房。乘客泡温泉之后休息，再去美得可以让李安拍另一部武侠片的竹林，午餐吃竹笋餐，下午三点返回火车上。

或者可以像我们那样另安排行程，去一个叫"灵光"的地方，那是百济时代佛教第一次登陆韩国的地方。那里有座很宏伟的寺庙，寺庙下面就是黄鱼收获得最多的渔港。这里还有大量野生的黄鱼，虽不便宜，但比起中国的合理得多。旅客可以畅怀大吃，蒸、煮、烧烤的黄鱼大餐，吃得过足了瘾。

火车折回首尔，晚上抵达。

"海浪号"火车还有一条线是从首尔去釜山的，有不同的旅游点。

对浪漫的火车旅行有兴趣的朋友，不妨上网看看资料：http://www.railcruise.co.kr。

经典

什么叫"经典"？简单来说，不会被淘汰的，叫为"经典"。

网友问我："看中文小说，由哪些书读起？"我笑答："经典呀！"什么书才称得上经典？《三国演义》《水浒传》《西游记》《红楼梦》《聊斋志异》等等，都是经典。想成为小说家的人，如果连这些书也没看过，甭梦想。

那么金庸小说算不算经典？当然。世界各地的华人都看得入迷，不是经典是什么？金庸小说也将一代又一代地相传下去，着实好看嘛！成为经典，唯一的条件就是好看、耐看，让人百读不厌，各个年代的人读之，皆有不同的收获。

音乐呢？贝多芬、莫扎特、柴可夫斯基等等，他们的交响乐，每一次听都听得出另一种乐器的声音来。学音乐的人，不听这些大师的作品，如何超越？

书法呢？王羲之、颜真卿、米芾、黄庭坚、怀素等人的帖是必读的，是最佳典范。还可以看书法百科全书，从篆书、隶书、草书、行书的变化中学习。

学篆刻，更少不了研究最基本的汉印，再往上追溯到甲骨文、金文，再回到后来的吴让之、赵之谦、齐白石以及其他大师的数不完的印章，都得一一读之。

绘画方面，得从素描开始，再看古人画，中西并重，方有所成。有了这些经典当基础，才能走到抽象这条路上去。

这些你都没有兴趣，要从事时装设计？那也得由古人服装学起，汉服、西装都得稔熟，创意方起。还要看古希腊石像脚上穿的是哪种鞋子，不然你设计了老半天，原来几千年前已经有人想到，羞不羞？

建筑亦同，所以我宁愿入住古老的酒店，好过新的连锁。每一家老酒店都有风格，皆存气派。为什么要在各个都相同的房间下榻？

食物更是经典的菜式好，人家做了那么多年的菜，坏的已淘汰，存下来的一定让你满足。不知经典为何物，只拼命去fusion（编者注：英语，融合），吃的是一堆饲料而已。

骂我老派好了，我还是爱经典。

美食的环球之旅

酱萝卜

正愁找不到题材写作时，一位记者来传真询问关于酱萝卜的事，启发了我的随想。

潮州菜脯

最初，我接触到的是潮州人的萝卜干，他们叫为"菜脯"。将其剁成碎粒，用来炒蛋，一流。潮州人认为菜脯愈老愈好，其实新鲜腌制的也不俗。菜脯带着浓重的五香味和甜味，将其切成薄片送粥，是家常便饭。

做潮州鱼生有种种配料，菜脯丝是少不了的，其他有中国芹菜、生萝卜丝、青瓜丝和一种叫"酸杨桃"的。酸杨桃的样子像长形的萝卜，酸得要命。又因为潮州鱼生点的是青梅酱，又甜又酸，只有用咸菜脯来中和。

广东人有道汤，只用咸萝卜和冬瓜来煲，清淡之中见功力，也是我喜欢喝的。这道汤的潮州做法是加了姜片，也下几块肉，这样汤的味道才不会太寡。

腌渍了二十年以上，老菜脯会出油。老菜脯油已被当成药物，小孩子消化不良，父母喂他们喝一口，他们即刻打噎，肠胃通畅，神奇得不得了。

日本酱萝卜

咸萝卜经由冲绳传入日本。冲绳岛的菜脯和潮州的一模一样，制法是把萝卜晒干了，放入缸中加海水腌渍。我们叫"缸"的，日本人称"壶"，故他们的菜脯有"壶渍"（tsubotsuke）之名，其中鹿儿岛生产的最著名，叫为"山川渍"（yamagawatsuke）。

菜脯这种渍物在日本并不十分流行，只有乡下地方的人才爱吃，最普遍的是黄颜色的泽庵渍，又简称为"泽庵"（taku-an）。关于泽庵名称的来源有多种传说，但最可靠的传说是，它是由禅宗大师泽庵（1573—1645）发明的，故此名之。

泽庵的制法有两种，萝卜干燥后用盐处理，或不用日晒，直接用盐渍之，让它脱水。用前一种方法制成的泽庵外皮皱，后者光滑，可分别。因和叶子一块渍，泽庵呈自然的黄色，而加甘草和盐的人工制品下了色素，颜色黄得有点恐怖，最为下等，尽量少食。

最美味的是一种叫 iburiggako 的秋田泽庵。秋田县多雪，萝卜拔取后不能日晒，就吊在家里的火炉上烟熏。熏叫 iburi，而

ggako是渍物的秋田方言。近年当地已建了熏房大量制造秋田泽庵,产品味道较为逊色了。

京都人都不爱吃泽庵,他们喜欢的是一种叫"千枚渍"(senmaitsuke)的酱菜。材料虽说是萝卜,但和普通的有所不同,是个圆形的东西,小的若沙田柚,大起来像篮球,日本人称之为"芜"(kabu)。

把芜削掉皮,切成薄片。一个大芜可片无数片,故有"千枚",即"千张"之名。然后用盐、昆布、茶叶和指天椒腌制,产生自然的甜味。千枚渍在京都随处都可找到,可惜当今已用调味品腌制代替古法,下了糖,味道便不那么自然了。

但说到日本最精彩的酱萝卜,那就非bettaratsuke(编者注:日语罗马字,用少量的酒曲和盐腌渍制成的咸萝卜)莫属。它是东京名产,是用酒糟来腌制的,萝卜上还黐(编者注:粤语,粘)着米粒。酒糟更能把萝卜的甜味带出来,但那股甜味是清爽的,和砂糖的绝不一样,就算喝酒的人不喜欢吃甜,一尝此味,也即刻上瘾。高级的寿司店中经常供应这种酱萝卜,让客人清清口腔,再吃另一种海鲜。用它来送酒,也是天下绝品。

但它藏久了就走味。每年农历十月十九日，日本人供拜惠比寿神社的七福神就举行 bettara 祭，表示最新鲜的渍物上市了。这时的 bettaratsuke 味道最佳，我常在这段时期大量买回来吃。手提行李中装了一大包，在飞机中打开来吃，那股臭味攻鼻，熏得空姐逃之夭夭。

这是因为萝卜皮和曲母产生了化学作用，但和臭豆腐一样，它闻起来臭，吃起来香，不过新鲜的 bettara 是没有那阵异味的，闷久了之后才会挥发出来。

韩国酱萝卜

韩国人的渍物最常用的原料是白菜，除了白菜，就轮到萝卜了。他们把萝卜切成小方块，用盐、辣椒酱和鱼肠腌制，称为"kakuteki"（编者注：韩式泡萝卜）。那个"kaku"的发音，有点像"角"，旧时他们用汉字的时候，teki 应该是萝卜吧？

这种渍物又脆又酸又甜又辣，非常好吃。尤其到了冬天，小店中生了火炉，客人觉得有点热时，来几块冰冷的酱萝卜角，感觉美妙。把整碟吃完，剩下的酱汁倒进牛尾汤饭之中，搅动一下，有点腥味和臭味发出，更能引起食欲。

韩国人叫泡菜为"金渍"，不是所有金渍物都是干的，也有水金渍,那是把萝卜切片或刨成丝后,浸在酒糟和盐水之中制成的,可当汤喝。

天下最美味

说回中国的酱萝卜,小时候吃过镇江的,是一颗颗像葡萄一样大的东西。爸爸解释:在镇江种的萝卜都是这一种,到了别的地方,就是大型的直根状的。镇江种的萝卜一从泥土里揪出来,就是一大串,至少上百颗,粒粒都又圆又小。

很想吃回这种产品,可惜当今在国货公司或南货店都找不到了。

天下最美味的酱萝卜应该是天香楼炮制的,做法简单:将萝卜切成长条,用盐水和生抽混合,加花椒和八角腌成。

做法虽说简单,但是在天香楼之外所有模仿它的杭州菜馆,包括杭州本土的老字号中,都吃不到此味,就是那么神奇。大批日本老饕来吃大闸蟹,一尝到杭州酱萝卜,都惊为天物,感叹日本人的泽庵再厉害也比不上,俯首称臣。客人想一罐罐买回去,天香楼要看是什么人请客,给面子,才分点给他们当宝带走。

菇

香菇

我们最早接触到的菇,大概是香菇吧?当今香菇大量种植,相当地普遍。中国人对香菇情有独钟,过年过节做菜,多有香菇。

早年,以香菇入馔,算是高级菜。那时买香菇,要到海味店才找得到,可见其多么稀罕。我有个侄女叫阿芸,从小爱吃香菇,我们一直笑她说,她长大后要去嫁给海味店东主(编者注:粤语,对老板的称呼)。

至于我自己,对香菇的滋味并不十分欣赏。到日本去旅行,经过香菇园,采摘当天生长的拿来在炭上烧,才偶尔食之。

白蘑菇

白蘑菇倒是可以接受的,尤其去到外国,自助早餐中除了鸡蛋以外,一定有一大碟白蘑菇,我喜欢那滑滑潺潺(编者注:粤语,指滑而带黏液)的口感,最主要是细嚼之下,它还有一股甜味,那是香菇缺少的。

　　白蘑菇变种后愈长愈大,就从 white button mushroom(编者注:英语,白蘑菇)变为 portobello(编者注:英语,平顶蘑菇)了,从前只有在意大利旅行时才吃得到,整个大的有如一份牛排,煎后用刀叉锯之,令人印象尤深。

大蘑菇

后来在超市也偶尔看到来自荷兰的大蘑菇,卖得甚贵。我在澳大利亚生活时,发现菜市场的大蘑菇甚为便宜。我公寓的冰箱中一定藏有几包大蘑菇,友人来访,我即刻到厨房去,把大蘑菇用牛油煎一煎,撒些海盐,就是一道美味的送酒菜。

当今大蘑菇又在中国生产,多得不得了,我们在普通超市也能找到。其实国内的大蘑菇味道并不差,都是从美国进口的大蘑菇的小婴儿,指甲般大,种植出来的。大蘑菇一般都有茶杯碟子那么巨型,除了煎,还能焗,又可以酿入蔬菜或肉类,吃法变化无穷,那么一大口一大口地吞,过瘾至极。

草菇

最甜的是一种价廉的草菇,样子干干瘪瘪、灰灰黑黑的,不起眼,而且藏有大量的细沙。买回来后将它们洗净,浸一浸,拿去煲个十多分钟,待汤沸腾时,将切成薄片的鸡胸肉扔进去,一灼熟即熄火,就有一碗清甜得不得了的好汤了。

可惜当今买到的草菇,虽然个子较大,也很干净,但甜味已大不如前。还是可以一试的,到杂货店去买几两存着,等到没汤喝时临时炮制一碗,客人也会喜欢。

竹笙菌

早年让中国香港人惊为天物的是竹笙菌,有些食家还以为它是长在竹节里面的,其实它是一种很普通的菌菇,样子像瓜瓤,口感不错,但没什么味道。竹笙菌已成为素食者的恩物,在斋菜馆中一定有这一道馔。

牛肝菌

到了意大利,家家户户最常用的是牛肝菌(porcini),在超市中也常见一包包的干货,有些还磨成粉或浸在橄榄油中。

牛肝菌的做法千变万化。新鲜的就那么切了片,煮意大利饭(risotto),在意大利最受欢迎的也是牛肝菌饭。做 pizza(编者注:英语,比萨饼)时也在上面铺几片牛肝菌,用牛肝菌当沙拉的其中一种生菜亦佳。

牛肝菌有独特的香味和甜味,口感亦潺滑,当今大量地由云南运来香港。中菜也以牛肝菌入馔,代替了香菇,还有人用来煮云吞面、包肠粉当点心。凭自己的想象,牛肝菌怎么吃都行。

松茸

日本人认为最珍贵的菇是松茸(matsutake),一条拇指般粗的就要卖上千元港币，有时不法商人还会将铁丝或铅粒插入菌中来增加重量呢。在日本超市中也常看到较为便宜的松茸，那是从韩国进口的，和日本松茸一比较起来就知高低。

做土瓶蒸（编者注：日语，陶壶炖菜）时，在小茶壶中放一片日本松茸，那种香味，一打开壶盖即能闻到。豪华的吃法当然是将松茸撕成薄片后在炭上烤。当今能吃到真正日本松茸的餐厅并不多，几乎都是以韩国货代替，客人已无法享受到那种美妙的香味和甜味了。

经济一差，日本人就大量地从我国云南进口松茸，不是说我国的不好，而是它们和真正日本松茸的种不同。我吃最好吃的松茸吃得最过瘾的一次，是跟着日本友人到他乡下的家的后山中采摘，一采一大箩，吃个不亦乐乎。这是数十年前的事了，当今空气、土壤皆污染，我们再也没那种福气可享了。

云南的菇

说到云南，那里雨水充足，气候又最适合长野生菌，出产的牛肝菌品质不逊意大利的。另外有鸡𩸽，它因长在白蚁窝附近，所以有个英文名叫 termite mushroom，中文名为鸡𩸽是因为它吃起来味道像鸡肉。

羊肚菌也是因样子像羊肚而得名的,外国人亦喜,称之为morel。羊肚菌多数是吃干货。干巴菌像云南的牛肉干,亦似蜂巢,其貌不扬,但甚甜。其他的还有黑虎掌、鸡油菌、茶树菇等等。

菌中贵族

以上这些属于菌中平民,而贵族是法国和意大利以及东欧各国产的黑松露及白松露,其价值和吃法又可以另写一篇文章了。

在泰国清迈吃过一种不知名的菌,也是生在地下的,像鹌鹑蛋那么大,黑漆漆的,香味和甜味也不逊黑、白松露,还没有人去发掘。

孤寡

我个人始终是食肉兽,虽喜菇类,但也不多吃。有一回在云南,餐厅把所有的菌菇都放在锅中打边炉(编者注:粤语,涮火锅),那锅汤当然甜得不能再甜,可是我就是吃出一种太寡的感觉。菇字古作菰,造字的古人可能一餐吃的都是菇,就把那个孤字放了进去。如果各位吃的也尽是菇,就会知道这种感觉,的确孤寡得要命。

韩菜风潮

我最敬佩和最喜欢的是发奋图强的人,而整个国家的人都发奋图强,那就不得了了,韩国就是一个很明显的例子。

短短的数十年,从我第一次抵达当年的汉城(编者注:首尔的旧称),到最近一次游玩,一个都市、一个国家的改变和进步是那么巨大,令人惊讶。

别说汽车、衣着、化妆品和电视、手机,单单是食物,由让人有他们只有烤肉和泡菜的不良印象,到目前满街令人垂涎的食肆,也是别的国家想象不到的。

韩菜的风潮还影响到世界各地,连洛杉矶"小韩国"的餐厅里都挤满了客人。老饕们对韩菜的爱好,就和从前喜欢日本菜一样,说什么又好吃又健康,吃韩菜已成为一种时尚了。

不成样子

我替自己欣慰,这么多年的介绍和推广,终于有人认同。韩国料理在香港开了一家又一家,整个金巴利新街周围都是韩国餐

厅,里面挤满了年轻人。

大家拿韩国料理当宝的时候,我又不得不批评,其中不及格的餐厅还是居多。韩国人在得意之时,也非反省一下不可。像我最近光顾的餐厅,有些简直不成样子,会把韩菜做坏招牌。

从前的韩国餐厅一定是韩国人当大厨,当今的走进去一问,回答都是韩国老乡,其实有很多厨子是新移民,有些还是尼泊尔人呢,莫名其妙的菜一道出完又一道。

见菜牌上有血肠,大喜,即刻点了。上桌一看,是血肠没错,但是超级市场的货色,做得虽然像样,但一点光泽也没有,是大量生产,冷冻后运来,在食肆中蒸一蒸,切片后从厨房拿出来的。

吃进口,是一团团的糯米,黑漆漆的,哪能吃出什么猪血味道,都是些人工调味品。

叫了一樽麦哥里土炮来送,它一味是酸,和我在韩国喝到的完全不同,别说是韩国人自己炮制的洞洞酒,连工厂货也不如。餐厅既然要卖,为什么不选可口一点的呢?

要了一碗冷面,一看就知道是即食的,那也不要紧,但完全无味,只好把桌上的辣椒酱大量淋上。咦?辣椒酱也不辣,不过是加糖、加醋整出来的玩意儿。

我们从前吃这碗韩酱冷面,上面铺了鸡蛋、黄瓜丝和梨丝,加芝麻,加辣酱,一吃即知味道不同。问餐厅经理:"大厨是不是刚从韩国来的?"对方即刻点头。韩国厨子来香港一住久,必给本地客的口味调整,做出来的菜就不像样。

这次坐着等食物上桌时,从厨房传出对话声,友人说不像韩国话,当然不是啰,是福州方言嘛。

石头饭来了,这不会差到哪里吧?杂货店就有得卖,把炊好的饭装进石头锅里去,再在炉上烧一会儿,加黄豆芽、菠菜等等,加半个蒸蛋,再淋上辣椒酱拌一拌,即可食之。哪知一般食肆做的,用的米根本就是东南亚货,最致命的是没有上等的芝麻油。芝麻油是杂菜饭的灵魂,为什么不肯下功夫讲究一下呢?

  不必用石头锅,用普通的钢碗或不锈钢碗也行,各位有机会到全州那家最著名的韩菜馆试一试就知道。他家选最好的白米炊熟,上面铺黄豆芽、胡萝卜丝、鸡蛋丝、蕨菜、黄瓜丝、萝卜苗、冬菇丝、黄豆粉皮丝、大量的 kimchi(编者注:英语,朝鲜泡菜),最后打个生鸡蛋上去,当然有芝麻,以及最好的芝麻油和辣椒酱,这一碗饭吃过了,才知什么叫韩菜。

  当今开得很多的是炸鸡店,我不喜欢吃鸡,就不去吃了。还有如春笋般标(编者注:粤语,冒)出来的烤肉店,他们用一根象鼻般的通风管吸烟,卖的肉多数没有腌制,一点也不好吃。年轻人不懂,就是喜欢,店里客人挤得满满的。

  因为穷,我最初到韩国去时吃的烤肉是骨头边的碎片,用蜜糖和辣酱腌制过,也下大量芝麻,然后啵的一声,一整碟铺在铜锅上,锅四周有槽,烤出的肉汁流下,盛在槽中。肉虽然好吃,但是那些肉汁最为精彩,用扁平的汤匙舀了,淋在白饭上,是天下美味。可惜韩国经济起飞后,他们所有的烤肉都模仿日本人的烤法,高级了,但没有了旧时韩菜的豪爽和精彩。

韩国餐厅推荐

在香港的话,那么多家韩国餐厅怎么选呢?友人老是要我推荐,我也不厌其烦地介绍。

香港最正宗的韩国料理有梨花苑。数十年前,金女士来港,在旧东英大厦开了最豪华的伎生宴,客人有韩国来的歌舞伎女陪伴,一晚消费几千元,在当年是天文数字,李翰祥、胡金铨光顾了钱不够付账,还得求助于邹文怀。当今梨花苑由金女士千金接班,在尖沙咀和上环各开了一家高级同名餐厅,至今也有多家分店,那里的食物绝对不逊在首尔吃的。

另一家老店阿里朗也由第二代经营,做出更精致的菜来,已不像从前那样只卖烧烤。

新的伽倻开在时代广场对面的罗素街,菜很有水平,韩国领事馆中的人亦经常光顾。

还有一家开在天香楼隔壁,叫"梨泰苑",菜非常精彩。

这几家有一定的水平,绝对值得去。住在香港真有福,在这里能吃到的任何一个地方的菜都是一流的,材料完全由空运而来,别的城市的人都没那么幸福。

面痴谈面

又要写面了。对于面,我这个面痴再聊三天三夜也谈不完,但讲来讲去都是从前说过的话题,就像面本身,吃来吃去还是面。面,有个基本的味道,最家常,重复了又重复,百食不厌。

印象

一般你是什么地方的人,就喜欢吃什么地方的面,不可有反对的声音,否则就要打架。我自认没有偏见,所以我不认为潮州菜特别好吃,反而爱沪菜的浓油赤酱。

面并非潮州人的特长,他们的粿条,也就是粤人所谓的河粉,做得比面还要出色。基本上,我喜欢的是带有碱水,加上鸡蛋、鸭蛋,颜色黄澄澄的,很有弹力的面,代表性的是中国香港的云吞面、福建的油面,日本的拉面也属于这一型的。

白色的、不用蛋也不加碱水的北方面,则全靠浇头和汤底。加酱油炒一炒的上海面也很香。兰州的拉面,尤其是毛细的,我也爱吃。

粗条的面大多数不入味,这是一般人的印象,但也有例外的,

只要煮面的功夫好，还是会做得很好吃。像我在西安吃的逦逦面，宽大无比，有"裤带面"的外号。我以为面一定煮不熟透，但经当地人一炮制，汤的味道进入面条中，非常好吃，改变了我的印象，也是可以一吃再吃。

炒面

大致来说,我喜欢炒面多过汤面。而汤面之中,我爱吃干捞的,觉得面没有浸在汤中,更能吃出面本身的味道。所以我吃云吞面时,多是干捞,面条渌(编者注:粤语,烫,泡,涮)得刚刚够熟,不软也不硬时最好吃。

炒面之中,我认为最好吃的是马来西亚金莲记的炒福建粗面,它做法一点也不简单,一定要用猪油和猛火,一面炒一面撒大地鱼粉,下大量的猪油渣。味觉体验并不能用文字形容,马来西亚又不是很难去,你试过就知道我讲的有多香。

也别以为我一直强调的猪油不健康,面和猪油是一对完美的搭档。去上海馆子叫一碗葱油拌面,要是用的是植物油,那就完蛋,不吃好了,饿死算数。

可怜当今的沪菜馆子大多数不用猪油了,也有解决的方法,那就是叫一客蹄髈,把漂在表面的猪油捞起,淋在面上。

说回炒面,印度尼西亚的炒面也很不错,还有印度炒面,它们虽不用猪油,但也有独特的风味。不过去到印度,就没有印度炒面了,印度炒面只在新加坡或马来西亚才有。

挑剔

也别以为我挑剔，不能吃方便面，其实我很喜欢，不能想象没有方便面的日子。当今马来西亚出的各种高级的方便面都很好吃。日本东京的，最美味、最容易入味的，是日清食品的元祖鸡拉面，我旅行时必备一包。

炸酱面只有北京人才喜欢。最讲究的，配料一张桌子也摆不下，用上手擀面、蒿条、韭菜扁、帘子棍等等，酱也要用鲜黑酱，才不苦涩。但是，我在北京吃炸酱面，没有一次让我满意，也不怕北京人骂，我还是爱吃韩国人当今认为是他们的"国食"的韩式炸酱面。

讲到豪华，最厉害的还是天香楼的蟹粉面。那哪里是粉，简直是蟹肉、蟹膏、蟹黄的精华，一大堆盖在面上给你慢慢去捞。天下最贵、最好吃的面，也只有这一碗了。但是要趁热吃，而且最好下点专门用来吃大闸蟹的醋，不然会有腥味。

说到面，避不开日本拉面。普通的有筑地场外市场大街上的井上，他家的面，叉烧、葱以及笋大量地加，卖得也很便宜。前阵子市场发生大火，以为井上被波及，但是去了，发现照常营业。最好吃的还有大阪黑门市场角落上的那一档的面，用大量猪骨熬汤，配料有弹牙的黑木耳丝、红姜丝、菜心泡的咸菜、叉烧等等。

但说到最爱，还是有一年金庸先生请我们去东京，入住帝国酒店，在对面日比谷公园入口处吃的猪骨拉面。我们在冬天下大雪时光顾，见小贩拿一个竹箩，箩上摆了一大块肥猪肉，小贩用手弹箩，熬得稀烂的白色的肥猪肉一粒粒地掉在汤中。当今小贩摊子已不摆了，一切成为记忆。

能吃到的，当然还有香港的云吞面，深水埗的刘森记，各地的何洪记、正斗等等，随时随地吃他七八碗吧！

合作

前些日子，友人说我做的干面条好吃，乘现在也卖卖广告。那是我和一位姓管名家的人合作的，他做的面条是一吨吨地卖的，我问他说能做得多少，不如出干面。他答应研究研究，这一研究，就是三年。我耐心等待，试验成功后，面只要煮个两分钟就熟，过了也不会失去弹性。他做的是全蛋面，我替他配上我认为世上最好的老恒和酱油。这种酱油一小瓶就要卖到三百块人民币，我也不惜工本了，再配上我们工厂自己熬的葱头猪油，吃过的人无不赞好。当今我们的面只能在网上买到，只要上淘宝或天猫，或点进"蔡澜的花花世界"（https://www.chualamscolorfulworld.com）就可以邮购。

蔡澜微语

2020-3-26　12:30

管家龙须面的吃法：素鸡切片放入平底锅两面煎一下，放入水中浸泡20分钟，再捞起放入锅中，加生抽、糖、盐、五香粉和水，大火煮到收汁即可。煎一个荷包蛋，还有雪菜、笋丝，再煮上50克龙须面，40秒后捞起，这些都放入鸡白汤中，撒上青蒜。早餐就是这样一碗白汤龙须面加三浇。

虾米

某杂志上有虾米的专题,介绍各种虾米,也讲到我对南洋的虾米情有独钟,认为当地晒的虾米最鲜甜,我去吉隆坡或新加坡时会从杂货店买回来。

如何买虾米?

对的,我从来不在香港买虾米,原因是看不见有高级货。我刚来香港时,还能找到从潮州运来的金钩虾米,当年已经贵得不得了,不是一般老百姓买得起的。

当今,有钱也买不到好虾米了,为什么呢?虾米的生产是虾捕捞过剩时才进行的,将虾晒干来防止腐烂。海洋已被人类伤害,加上现代化的拖网捕捞,虾的产量已越来越少,一有新鲜的,即刻在市场被人抢购,剩下的也用先进的冷冻科技输出到各地卖钱,还有什么人肯那么浪费,拿去晒干呢?

191
美食的环球之旅

人们还有一个错误的观念，就是虾要蒸熟了再晒才成虾米。鲜虾一煮，甜味至少失去一半，真正的虾米应该是用活生生的虾晒的，这样才算及格。还有就是一定要用野生的虾，养殖的虾有其形无其味，怎么样晒也是次货了。

南洋虾米就是好的吗？也不对。我们跑去越南旅行，在菜市场中看到大大小小、各式各样的虾米，便宜得很。我一一试之，发现没有一种有甜味，那是为什么？

第一，虾完全是养殖的。第二，河虾居多。严格来说，河虾晒的是不能够称得上虾米的，河虾的甜味永远比不上海虾的。第三，养殖的海虾和河虾晒出来的产品，颜色已经不再鲜艳，加人工色素是必然的，我想到一口一口地吃化学品，心中已发毛。

在吉隆坡或新加坡能买到的虾米，也只有来自马来西亚的兰卡威岛的才好。那里还保留着生晒传统，虾绝不先蒸熟，晒后装进麻袋中往大石上摔打，再放进筲箕，以纯熟手法抛了又抛，这么一来虾壳就能随风去掉。

我把从那里买回来的虾米送给倪匡兄，这个吃海鲜专家一尝就知道是好货，急了起来也不洗一洗，就那么抓一些送进口里吃，大叫鲜甜无比。

在几乎全是养殖虾的今天，还可以买到的用野生虾生晒的虾米，还有从日本进口的芝海老（编者注：海老，日语，虾。芝海老，周氏新对虾）和长脚海老。另外，静冈县的樱花海老也很甜。到了东京的筑地或大阪的黑门市场时，这些虾米在杂货店也能找到，千万别错过。

怎么吃虾米？

虾米一直没有离开过我。我在日本留学时，家母也一公斤一公斤地寄来，说什么方便面调味包充满味精，绝对不可食之。用虾米滚汤已经是我家的传统，我每次煮方便面都抓一把虾米，用热水冲一冲，再拿去滚汤，熬个五分钟即能代替调味包。

把雪里蕻洗去过量的盐分，挤干水，切成幼丝备用。另一方面，用滚水泡软虾米，捞出，用石臼舂之（不必太碎，太碎不成形）。最后锅中下油，冒烟后下蒜蓉，加入这两种食材炒干了水分，再下一点糖。成品就可以保存在冰箱中，口寡味淡时拿出佐酒，一流，一流。

虾米是马来盏的主要原料，浸软后舂碎，加辣椒膏、虾膏炒之，就是一种百搭调味料，用来炒蕹菜最为适合。

本来咸豆浆中下的是虾皮，但是我发现用浸软的虾米来代替，味道更佳。虾米配合了榨菜碎和油条——油条要炸了再炸、切成细片,一起煮出来的咸豆浆最为美味。如果不怕又咸又甜的话,那么下一点糖来吊味,更是完美。

虾米煮水蛋又是一味好餸,问题是得把虾米浸软,要不然太硬了总和很软的水蛋不调和。另外有一种秘方,就是把田鸡肉剁碎了拌在蛋浆之中,有一种隐藏的味道,鲜甜得不得了。

如果遇上好丝瓜,尤其是台湾的澎湖丝瓜,加虾米和粉丝来煮成一煲,就可以下白饭三大碗。台湾人用虾米有他们的一套。炒米粉他们最拿手,把细如发丝的新竹粉浸软了,南瓜切丝,下虾米、小蛤蜊来炒,吃后非娶他们的姑娘当媳妇不成。

江浙人叫虾米为"开洋"。用虾米做的菜确有海味,简简单单的开洋白菜已是经典名菜。我还吃过他们的开洋豆腐脑,味道极佳,当然那得是巧妇做出来的才行。

潮州人的猪肠灌糯米加虾米,道理和包粽子一样。广东人的萝卜糕更是少不了虾米。生炒糯米饭中岂可没有虾米呢?

香港人做得最出神入化的是 XO 酱,它当今世界闻名,电视节目中看到西洋名厨也惊为天物似的把 XO 酱加入他们的菜中。这道酱归功于朱牧先生的太太韩培珠女士,在二十世纪七十年代经她一做，吃过的人无不道好，纷纷向她要做法。只听她笑嘻嘻地说："何必那么麻烦？你喜欢我做给你吃好了。"但说归说，送归送，她从来不将做法告诉人。后来大家研究模仿，用虾米代替了她的瑶柱，加虾子、指天椒、火腿等，做出的酱也不知叫什么才好，当年流行喝白兰地，高级的叫 XO，XO 酱从此得名。今天谈到虾米，特此一提。

跳出框框

早餐，一天之始，非常重要。

别人早餐吃粥，很是健康。我一向要吃得饱，与其吃粥，我还是选择吃饭。这习惯我很小就养成。奶妈是乡下来的，乡下人种田，不吃饱不行，所以她也不煲粥给我吃，而是炊了饭，双手捏成圆圆胖胖的饭团，我配上咸菜吃一两个，一定饱，所以我早上喜欢吃饭。

东南亚及日韩早餐

马来人的典型早餐是 Nasi Lemak——椰浆煲饭，上面有点炸过的小公鱼、半个熟鸡蛋、两片节瓜、一堆甜美的辣椒酱，很辣，华人开玩笑地叫它"辣死你妈"。椰浆煲饭是用香蕉叶包裹成一小包的，马来人饭量不大，而我一定要吃两包以上才够，这是我喜欢的早餐。

日本人的早餐一定有饭，这一下子对路了。他们的味噌汤、泡菜和白饭是任添的，你绝对不会空肚。高级一点的，有几片紫菜。更高级的旅馆餐，那几片紫菜是放在一个大木盒中的。为什么要

用那么大的一个盒子?有点巧妙。盒子分两层,下面烧着炭来烤上面的紫菜,这么一来,紫菜永远干爽香脆,可见厨师非常用心思。

韩国早餐丰富起来也厉害。先来一杯现榨的人参汁或松仁汁,加上蜜糖,接着是烤肉或牛舌,还有牛肚汤解酒,然后有数不尽的拌饭小食。最后是那好吃得要命的辣椒酱,是用极细腻的辣椒发酵出来的,劣等的和高级的辣椒酱相差十万八千里,单单用这种辣椒酱拌饭已是人间美味。

泰国人一早就吃面。他们的干捞叫 Ba Mee Haeng,面的分量很小，先铺上肉碎、鱼丸、鱼片、虾和生蚝，加豆芽、芹菜和冬菜，再铺上炸香的小红葱、蒜蓉，最后淋上那致命美味的猪油。

欧洲早餐

到了欧洲，入乡随俗，吃面包。西班牙加泰罗尼亚地区的人先将面包片烤得香脆，然后抓住一颗大蒜在上面磨，磨了又磨，越多越好，最后再涂西红柿酱。这片面包，只要撒上少许食盐就已经很好吃了。当然旁边还有鸡蛋饼奄列（编者注：Omelette的粤语音译，煎蛋饼），做法千变万化，可以一大块一大块地当饭吃。

我喜欢的是正式的英国早餐，叫作 A Full English Break，中间一定有茄汁黄豆、大条香肠、培根、鸡蛋、香菇、薯仔蓉和面包，当然，必须配上一杯浓到极点的英式早餐红茶。

印度早餐

中国香港人一向看不起印度早餐，那是因为他们没有吃过上等的。先来一杯香浓的酸奶 lassi（编者注：英语，印度开胃甜饮料），有什么都不加的，也有加糖、加杧果、加玫瑰糖浆的，会让人喝上瘾。接着将一个大圆锅烧热，然后把加了蛋的面粉糊放进去煎，中间加上鸡肉末，最后烤成一大块饼卷着来吃。如果不够喉，还有焗饭biryani（编者注：英语，比尔亚尼拌饭），那是将长米混香料炊出来，再把羊肉块煮软了混在饭中，放进一个银制的小钵里，钵上面像做法国洋葱汤一样用面皮封住，再焗半小时后上桌的。打开那层面皮时，羊肉香喷喷的，能让你狂吞三大碗。当然，不喜羊肉的可用鸡肉代替。

中国早餐

中国的早餐更是无穷无尽。先去武汉吧，早餐对武汉人的重要性可从"过早"这两字得知。典型的早餐有热干面，那是一种干捞拌面，简单的食材也弄得极美味。卖热干面的地方也卖粉，有宽粉、细粉和豆丝，配上牛肉、牛杂，再用肉酱拌之。其他的有生煎、锅贴、小馄饨和汤包，选择多得不得了。

受老舍影响，我一到北京当然先尝豆汁，最初接受不了，一爱上了就成为"老北京"。还有他们的卤煮、包子和炒肝，最后来一张加双份糖的糖油饼，绝对有幸福感。

到了杭州，早上第一间光顾的当然是奎元馆，当今他们一碗面也可以卖到五十块人民币以上了。我的朋友俞先生最爱的是片儿川，面中有虾仁、雪菜、瘦肉和笋片。我爱吃的则是虾爆鳝面。

最豪华的早餐

说到面,有一次网友挑战我,说我只知道叫菜,但会不会做呢?我也不回答,只是一连一个月煮三十种不同的面,把照片放在微博。最好的早餐,当然是自己做的。

至于最豪华的,只要你肯花钱,用高贵食材,早餐就变成豪华的。但是豪华是一种感觉,各人认为的不同,只要跳出框框思考就是。

我的豪华是把一尾大龙虾做成三味,肉做刺身,头和膏烧烤,壳、爪和芥菜、豆腐一起煮。当今物资丰富,晚饭吃龙虾人们不当成怎么一回事,但是用龙虾来做早餐,就会哇的一声叫出来。

跳出框框思考,都是惊喜,都是享受。我妈妈喜欢早上喝白兰地,倪匡兄见到,说他不喝,要到晚上才喝。我妈妈说:"你不喝,我喝,现在是巴黎的晚上!"

蔡澜微语

2018-12-7　11:36

鲍鱼当早餐,和龙虾当早餐一样,为什么豪华食材一定要在晚上吃?

天下米饭

在法国南部旅行,每一顿都是佳肴,但吃了三天就想念中国菜,其实也不一定是咕噜肉或鱼虾蟹,主要的还是要吃白饭。

意大利好友来港,我带他到最好的食肆,尝遍广州、潮州、上海菜,几餐下来,他问:"有没有面包?"

"中餐厅哪来的面包?"我大骂。

他委屈地说:"其实有牛油也行。"

刚好是在一家新加坡餐厅,那里有牛油炒蟹,我们就从厨房拿了一些牛油。此君把牛油放在白饭上,来杯很烫的滚水冲下去,待牛油化了,捞着来吃。这是意大利人做饭的方法,也只有让他胡来了!

世上的米

"百种米养百种人。"这句话说得一点也没错,况且世上的米,不下百种。

我们最常吃的是丝苗,来自泰国或澳大利亚,样子瘦瘦长长的,的确让人有吃了不长肉的感觉,怕肥的人吃着最放心。日本米不同,它肥肥胖胖的,黏性又重,所以日本人吃饭不是从碗中扒,而是用筷子夹进口。女性对日本米又爱又恨,爱的是它很香很好吃,恨的是会吃肥人。

香港的饮食受日本料理的影响已是极深,香港人就连米也要吃日本的。我们的旅行团一到日本乡下的超级市场,团友首先冲到卖米的部门,回头问我:"那么多种,哪一种最好?"

价钱不在他们的考虑之中，在这里买反正会比在铜锣湾崇光百货买便宜，我总是回答："新潟县的越光，而且要鱼沼地区生产的，有保证。"

但是鱼沼米还不是最好的，最好的买不到。那是在神户吃三田牛时，友人蕨野自己种的米。他很懂得浪费，把稻种得很疏，风一吹，蛀米虫就飘落入水田中。如果贪心，将稻种得很密的话，蛀米虫就会一棵传一棵，种出的米表面就要磨得深，才会好看。这样一来，米就不香了。蕨野的米只要略磨，所以特别好吃。

向他要了一点带回家，怎么炊都炊不香，后来才发现家政助理新买了一个电饭煲，国产的，炊不好日本米。

不过这一切都太过奢侈。从前在日本过着苦行僧式的生活时，我们连日本米也不舍得吃，一群穷学生买的是所谓的外米（gaimai）（编者注：日语，进口米），那是由缅甸输入的米，有些断掉了，只剩半粒。那么粗糙的米，日本人只用来当成饲料，于是我们都成为牲畜，但当年是半工半读的，也没什么好抱怨。

我念完书后到中国台湾工作，吃的也是这种粗糙的米，台湾人叫为"在来米"，不知出自何典。哪有什么蓬莱米可吃？蓬莱米是日据时期改良的品种，在台湾经济起飞，成为"四小龙"时，才流行起来。蓬莱米口感像日本米，如果你是当地人，当然觉得比日本米好吃。我试过的蓬莱米之中，最好吃的来自一个叫"雾社"的地区，那里的松林部落种的米，真是极品。但怎么和日本米比较呢？可以说是不同的，各有各的好吃。

始终，我对泰国香米情有独钟，爱的是那种幽幽的兰花香气，那是别的米所无的。这种米在越南也可以找到，一般米一年只有一次收成，而越南种的有四次之多。

天下米饭

在欧洲，英国人不懂得欣赏米饭，只加了牛奶和糖当甜品；法国人也只将米饭当配菜。米饭吃得最多的是西班牙人和意大利人，前者的大锅海鲜饭 paella 闻名于世；后者的 risotto（编者注：英语，意大利调味饭）是混了大量的芝士，由生米煮成的，但也只是半生，意大利人说这样才有口感（al dente），其中加了野菌的最好吃。

意大利人吃米，我是从《粒粒皆辛苦》（Bitter Rice）一片中得知的，但那时候的观众只对女主角西尔瓦娜·曼加诺（Silvana Mangano）的大胸部感兴趣。我曾前往该片中的产米区玩过，发现当地人有种饭是把米塞进鲤鱼肚子里做出来的,和顺德人的鲤鱼蒸饭异曲同工,非常美味。意大利人还有一道鲜为人知的蜜瓜米饭,也很特别。

亚洲人都吃米,印度人吃得最多。他们的羊肉焗饭做得最好,用的是野米,非常长,有丝苗的两倍。将米炒得半生,混入用香料泡过的羊肉块,放进一个银盅里,上面铺面皮后放进烤炉焗,香味才不会散。你到正宗的印度餐厅,非试这道菜不可,若嫌羊膻,也有鸡的,但就没那么好吃了。

马来人的椰浆煲饭也很独特,是第一流的早餐。他们另有一种把米包在椰叶中压出来的饭,吃沙嗲的时候会同时上桌,也是传统的饮食。新加坡人的海南鸡饭用鸡油炊熟,虽香,但也得靠又稠又浓的海南酱油才好吃。

至于我们中国,简单的一碗鸡蛋炒饭,已是天下美味。

吃米饭的人

不过要吃米饭,总得花时间去炊,不如用面粉团贴上烤炉壁即刻能做出饼来方便。

也因此,吃米饭的人应该是有闲阶级,比吃面饼的人来得优雅。

蔡澜微语

2019-11-17　18:00

买日本米,最重要的是新鲜。吃日本米的日期在一年之内,过期了米就不黏不香,别花那么多钱去买。日本米在秋天收割,一年只是一造。

内脏万岁

问墨尔本最佳牛排屋的老板Ulado（编者注：英语，乌拉多）先生："你烧的牛肝也不错，为什么不做其他的内脏？"

"想呀。"他回答，"但是我们西方人做得没有你们东方人好。"

中外内脏

是的，中国人做内脏是有一套的，什么卤大肠、蒸粉肝，做得出神入化。中国人之中，台湾人吃内脏是第一位。这从哪里看得出来？到他们的菜市场逛一圈就知道，猪腰、猪脑卖得比肉还要贵。香港人从前也做得好，但当今大家为了健康，就少吃了，菜市场中内脏卖得很便宜，有些肉贩见到熟客，还免费奉送呢。

台湾人吃内脏实在水准很高：将酱油装进注射筒，打入猪肝的血管中，再将猪肝蒸出来。他们做的麻油腰子刚刚要熟，让人可以吃了一碟又一碟，真是美味。

我们一看到内脏，就联想到胆固醇。倪匡兄有一次去菜市场买两斤猪肝，肉贩说："两斤胆固醇，拿去。"

胆固醇也有好和坏之分，我们吃的都是好的，人家吃的才是坏的。吃得高兴，自然产生一种激素让身体健康，那么什么坏的都变成好的了。怕这个、怕那个，一定吓出病来，癌症就产生了。

不是天天吃，也非餐餐咽进口，偶尔浅尝，为什么不去吃？

洋人不吃内脏吗？也不是，意大利人最会吃了。一次到西西里，我发现菜市场有一档卖白焓内脏的摊子，肚呀，肠呀，什么都用盐水煮熟，你要哪个部分，小贩便会将其切成片给你，便宜得让人发笑。在佛罗伦萨的大都堂广场，最受游客欢迎的也是那一档白煮牛肚，你如果去过一定尝过，不必我推荐。

葡萄牙人更是厉害，卖波特酒的波尔图市到处都有西红柿煮牛肚，一家做得比一家精彩。

吃什么内脏？

虽说多吃无益，但我到现在还是喜欢吃内脏。从前南北巷中的那档猪杂汤，实在是好吃得很。厨师先把猪肚拿去灌水，灌得发胀，里面那层脂肪已被冲走，剩下的是半透明的纤维后，拿来切块，然后在滚汤中涮一下，撒大把珍珠花菜。加上汤中的猪腰、猪粉肠等等，这道猪杂汤比什么大鱼大肉都要美味。可惜当今的厨师已没有这种功夫，摊子还在的，搬到维多利亚皇后道一号的二楼熟食档，聊胜于无，我还时不时去光顾。

　　台湾的切仔面其实吃的是配料。厨师把内脏煮熟后这切一碟，那切一碟，也叫"黑白切"，胡乱切的意思。做得最好的是卖面炎仔这家已有八十年历史的老店，开在台北市大同区安西街一〇六号。他们做猪心、猪肝、猪腰都是白灼，然后铺上姜丝。我夹了一块，蘸浓厚的酱油膏，真是百吃不厌。

　　到香港的陆羽茶室去，第一样要叫的点心就是猪膶烧卖。广东人认为"肝"与"干"同音，不好，就把猪肝改称为"猪膶"了。陆羽茶室的猪膶烧卖一吃难忘，现在还可以叫到，快点去吃。

　　旺角小食档中，除了鱼蛋猪皮之外，最受欢迎的还是炸大肠，大肠被炸得外脆内软，是仙人食物。后来看了一个食家写的文章，说猪大肠不能洗得太干净，要留一点排泄物的味道。我之后就心中发毛，看到此物，也不再去碰了。

　　只说陆上动物的内脏，不说海产的不可。鱼的内脏，大家都知道最厉害的是伊朗的鲟鱼子，从前只有五个人会腌制，当今只剩下三个了，其他地方做的都咸死人。

　　平价的三文鱼子大家也吃得多。乌鱼子不只中国台湾人爱吃，其实意大利人、土耳其人都喜欢，卖得当然不便宜。最毒的河豚白子也有人敢吃，日本金泽有一家专卖店，我买来试，只觉很咸，没有河豚肉的甜味。夏天鲇鱼当造，从前水清，产量不少，人们钓得多，吃不完就放入冰箱冷冻，可吃一年。冷冻鲇鱼时先取出内脏用面酱腌了，虽带苦，但十分美味，日本人用来佐饭，我们可以把它拿来蒸蛋，和螃蜞的礼云子有异曲同工之效。鲇鱼的鱼子腌制了叫 uruka，日本人用汉字写成"鰄鮧"，另名"润香"。鲇鱼的卵子叫"子润香"，精子则叫"白润香"，一起腌制了叫"苦润香"。鰄鮧是两个古字，凡是用鱼肠腌制的酱都能叫"鰄鮧"。鰄鮧多数是用盐腌的，也有用蜜糖腌的。不知道当今还有没有人做，若有，专程走一趟去试也值得。

猪油万岁

猪油（lard）含饱和脂肪酸约四十一巴仙、多不饱和脂肪酸约十二巴仙、单不饱和脂肪酸约四十七巴仙，一茶匙中约有胆固醇十二毫升。中国人炸猪油用的是猪腹的五花腩部分，其实质量最纯的是包着猪腰的叶状油膏。人类是食肉兽，对脂肪的感觉非常灵敏，都知道动物油比植物油香。吃哪一种对身体有益？过多或太少都不好，猪油并非罪大恶极，应以平常心对待。

洋人在贫苦的年代中也吃大量的猪油，当今以牛油代之。但牛油的胆固醇含量是每茶匙约三十三毫升，比猪油多出一倍多来。他们最普通的吃法是把凝固的猪油涂在面包上，撒上点盐。猪皮也炸了来吃，要不然就放进焗炉中烧至爽脆，和猪肉一起吃。

英国人在糕点中下了很多猪油。因为猪油有防腐作用，法国人用它来包裹鹅肝酱。猪油也有松化作用，西班牙人烤面包或制作饼干时，都用猪油。圣诞节用的布丁，欧洲所有国家做的都用猪油，才够香。

美国人一味求健康，不敢碰猪油，但在美国南方，Cajun（编者注：英语，法裔路易斯安那州人的）菜中少不了猪油，南方的人都笑其他地方的人不懂得吃。

韩国人吃猪油的例子较少，他们的主食是牛肉，但是也把肥猪肉灼熟了切成一片片的，点了面豉酱，包着生菜来吃。同时，他们把用辣椒酱腌制过的生蚝点缀其中，别的地方的人想不到生蚝和猪油的配合是那么完美。

日本人一向吃鱼，吃牛肉也是近百年的事，猪肉就吃得更少了。但是他们一发觉它的香味，嗜者渐多，炸猪排给他们发挥得淋漓尽致。当今最受欢迎的猪骨汤拉面，最开始的做法是把一块猪油熬至软熟，放在捞面的铁网上，轻敲铁网，一粒粒的猪油便掉落在汤中，把日本人吃出瘾来。

当然，猪油吃得最多的是中国人，猪油丰富的菜有东坡肉、红烧肉等等。如果最简单的葱油拌面用植物油代替了猪油，吃起来就如嚼蜡烛。再健康，对精神和肉体都无益。

有亲友，味更浓

大班楼的欢宴

在一个懒洋洋的下午,我们去了大班楼。

这次本来是想补请钟楚红,为她做生日的。她生日那天叫了我去,没告诉我是什么聚会,我到了才知道,太迟,没带礼物。

今天有她的友人傅小姐、Teresa(编者注:英语,特雷莎)和Jenny(编者注:英语,珍妮),以及大班楼店主夫妇,我们总共七位。这种人数刚好,人太多了话题总是太散。

太阳映照在半透明的玻璃窗上,十分暖和,这个场景有点似曾相识。傅小姐带来的餐酒总是有水平,数支 Bienvenues Batard Montrachet Grand Cru 2007 白酒和 Chanson Chambertin Clos De Beze Grand Cru 2008 红酒,都是我爱喝的。

友人常问:"你不是不喜欢餐酒的吗?你不是说所有的餐酒都是酸的,而你最讨厌酸的吗?"

好的餐酒一点也不酸,照喝,今天有非喝醉不归的预想。

酒好,菜呢?

叶一南一早预备的头盘是冻卤水花椒小吊桶。小吊桶就是小鱿鱼，胖人手指般粗，当今在香港已很少见。大厨每天在鸭脷洲等渔船回来，船一靠岸立即搜购小鱿鱼，将其用冻卤水浸够味，扫上自制的花椒油后上桌。

味道当然不错。我们一边吃还一边聊，说日本人也将小鱿鱼捕捉后即刻扔进一大桶酱油内，将小鱿鱼喂饱。用同一个方法来喂卤水也行呀，或用其他酱汁，也许有更多的变化，大家都拍手同意。

另一道冷盘是陈皮牛肉。陈皮做菜不易入味，叶一南说试了两年，发现用陈皮配牛肉最佳，带些甜味更好。说到陈皮，我前些年带傅小姐到九龙城的金城海味进了一大批，她说下次店里不够用而我们自己吃时，她可以提供。

阿红一向酒喝得不多，今天也畅饮，脸红红，更是好看。

接着上的是咸柠檬蒸蛏子，用的是叶一南去大孖酱园时发现的二十年前的酱油。他将那批酱油全部买了回来。时间累积的醇厚味道不同就是不同，简简单单地用来蒸蛏子，不错，不错。

跟着上的是咸鱼臭豆腐，原料来自李大姐的手笔，她是现在唯一一位制作豆卤发酵臭豆腐的人，制品与用化学方法制作的臭豆腐当然不同。咸鱼臭豆腐是师傅将臭豆腐搓烂，加入上好的咸鱼、马蹄、葱花，捏回方块后炸成的。

我们知道阿红最环保，反对吃鱼翅，这一餐什么鲍参翅肚都没有，黑松露、鱼子酱等也禁绝。叶一南说，中国的好食材一生一世都用不完。

酒喝多了，阿红说起她在香港的演艺生涯前后不足十年，但也拍了五六十部电影，有些还是被挟持着日夜赶工的，那时累得站着也可以睡着。辛酸虽不少，但她总以轻松口吻叙述，惹得人家哈哈大笑。

这时主菜才上——蟛蜞膏豆仁琵琶虾，是用雌性小蟛蜞的卵做成的。蟛蜞卵在蟛蜞体内叫"膏"，成熟后才成为礼云子，产量极少，味奇鲜。

然后剁椒咸肉蒸龙趸头上桌。大班楼用的是自己发酵的剁椒，那是用辣椒加盐、加蒜，发酵十几二十天才成的，味道很浓，配上咸肥肉丝、榄角来蒸大鱼头。旁边有水饺，其实作为配料的红油抄手做得更好吃。

樟木烟熏鸭需特别预订,用的是体形细小的黑脚鸭,肉很嫩。大厨将鸡、鸭、鸽子、鹅等等切下广东厨子叫为"下栏"的部分蒸出汁来,那汁比上汤更浓。将黑脚鸭用这种汁腌一夜入味,然后慢火蒸四小时,迫出一大半油来。这时才用真正的樟木将黑脚鸭慢慢烟熏,这个步骤是急不得的。最后用大火焗香鸭皮。

阿红建议烟熏时可加米饭,烟味可浓一些,来补救味道过淡的缺点,叶一南也细听了。

今天的晚饭也是来庆祝叶一南和他太太的新婚的。这一对佳偶自拍拖至今已在一起二十年,刚好在二十年前参加过我的旅行团,当时我不知他们是不是夫妇,也不便去问,后来才知道是情侣。我一直觉得婚姻是一个野蛮的制度,但他们更适合"佳偶天成"这四个字。

大家所谈,都是数十年间的事。阿红已故的先生,也是我从小看到他大的,今天聊起,似是昨日事。

然后是鱼汤腐皮豆苗,因为美人们非吃蔬菜不可。我已太饱,再也吃不下了,但看到蟹肉樱花虾糯米饭,还是连吞数口。

最后的甜品是每天现磨的杏仁茶,还有不太甜的山楂糕、杞子糕和绿豆莲蓉饼。糖水则是绿豆加臭草做的。

这一餐完美得很,主要是人好、话好、食物好。

那斜阳的光线,现在想起,是在绘画老师丁雄泉家里见过,阿姆斯特丹当然没有大鱼大肉,我们当时吃的是简简单单的煎葱油饼,但一样欢乐、一样难忘。

埋单时,说是叶一南请客,谢谢他们了。

重游台北（上）

我在念中学时结识了一个好朋友，叫黄森。他父母只有他一个儿子，我比他大一岁，我们的成长是互相影响的。

黄森命好，一生只做过一两份在书店卖书的工作，其他时间就用来旅行和看书。他又有天分，会数十种语言。这么多年来，我们甚少见面，也不大通信，有一次他竟然消失了十多年。我们这群老友都说要是某一天去沙漠旅行，看到路边有个人在研究石碑上的文字，那人一定是他。

后来他在澳大利亚住了几年，和当今的妻子结婚，两人又于晚年决定定居在巴黎。有了社交媒体后，我和他太太的联络多了，知道他们要去中国台湾，我心血来潮，放下一切，到台北和他们聊天。

欣叶

让他们先睡一天扭转时差，我周四乘早上八点的航班，十点左右抵达，和他们约好中午见面。

第一餐吃什么好呢？想了又想，最后还是决定到稳稳阵阵（编者注：粤语，稳稳当当，很可靠）、正正宗宗的台菜馆欣叶去。

黄森的老婆珍妮花事前已在微信上告诉我，她什么都吃，只是不吃 offal（编者注：英语，动物内脏）。内脏的英文单词我们通常用 organ、intestine，少人提及 offal，我喜内脏，当然看得懂。难题就发生了，台湾是一个做内脏做得好的地方，这从他们菜市场中内脏的价钱就可以看出，比香港的要贵许多，香港肉贩有时还将内脏大赠送呢。

好在欣叶什么小菜都有，我先叫了蚵仔、炒通菜、炒番薯叶、红鲟米糕、薄饼和金瓜炒米粉。这几种菜珍妮花一定喜欢，尤其是红鲟；青菜也是当今女士们必点，不能抗拒的。

黄森在台湾住过两三年，所以他对那里特别有情结，在新加坡时整天向我提起一种鱼的卵子，那当然就是乌鱼子了，这回每一餐都点，给他吃一个痛快。

蚵仔是可以吃个不停，吃到肚泻为止的。我这几天肠胃不佳，但也拼死猛啖。薄饼，台湾人叫为"润饼"，我从小喜欢，见到必点。欣叶的没让我失望，但是偏甜，我还是喜欢在厦门吃的。

金瓜炒米粉特别精彩。台湾姑娘要是不会炒米粉就嫁不了人，那是从前的事,当今没几个会吧？我自己倒学了一手,常在家里做。金瓜即南瓜,刨丝后和浸泡过的新竹米粉一起用热油炒。南瓜本身带甜,就不必下味精了,但要用小蚬的肉和汁来提鲜。可加虾或猪肉丝,蔬菜则建议用高丽菜。这并非高科技,失败几回后一定成功。

最后,也不顾珍妮花喜不喜欢,叫了一碟麻油炒猪腰。欣叶的大厨果然是高手,炮制出来的完全不同:猪腰切花,生熟软硬恰好,又加上极香的高级麻油。这一碟菜由黄森和我包办,扫个精光。

欣叶
地址：台北市双城街 34-1 号
电话：2-25963255

林语堂故居

饭后也不知道要去哪里,反正是老友闲聊,没有目的,去哪里都行。珍妮花对东方语言有浓厚的兴趣,泰语说得特别流利。听说她最近在研究林语堂,大家就决定到他的故居走一走。

车子爬上山坡,坐落在阳明山半山腰的,是林语堂生前最后十年的居所,目前由台湾东吴大学管理。林语堂故居是座西班牙式的建筑,走进去一看,书柜中有林语堂整套中英文著作和他创办的杂志,以及他广获国际推崇的《生活的艺术》的英语、韩语、德语、法语、意大利语、西班牙语、葡萄牙语、丹麦语、挪威语、瑞典语、芬兰语等十一种语言的版本。

另一边,书房中陈列着他的手稿、文具和旧打字机,展示着他发明的"上下形检字法"和他改良的"国语罗马字拼音法式"。一九七二年香港中文大学出版的《林语堂当代汉英词典》也陈列在里面。

睡房中的床是单人的,林语堂怕打扰夫人的生活作息而和她分房睡。这也是英国夫妻最文明的做法,美国人则夫妻永远睡在一起。

餐厅椅背上有小篆的"凤"字,是林语堂为感谢夫人廖翠凤的辛劳而刻的。

另外,墙上有多幅字画,比如宋美龄画的兰花。书斋的"有不为斋"几个字为林语堂亲笔,他写来纪念他在上海的书房,也让人看到了文人的傲气。

房子的一部分已改为茶室，让参观者喝杯咖啡。去看时最好由屋外的小径走到花园，在那里可以俯望整个山谷。林语堂曾经写道："黄昏时候，工作完，饭罢，既吃西瓜，一人坐在阳台上独自乘凉，口衔烟斗，若吃烟，若不吃烟。看前山慢慢沉入夜色的朦胧里，下面天母灯光闪烁，清风徐来，若有所思，若无所思。不亦快哉！"

花园中有棵很高的松科巨树，看枝叶，有点像是"猴子的迷惑"的近亲。另有一些寄生植物，长着毛，像蜘蛛的脚，这大概是林先生提到的苍蕨吧？园中还有奇石和小鱼池，他生前常坐在池边的大理石椅上享受"持竿观鱼"之乐。

最值得看的还有林先生的坟墓。当今有多少人像林先生那么命好，可以下葬在自己的花园里？我上前一拜，仰慕这位把humour翻译成"幽默"的学者。所有外国的大英文书店里都有幽默的专柜，我到新加坡机场书局时问在哪里，得到的回答是没有。

林语堂故居

地址：台北市阳明山仰德大道二段141号

重游台北(下)

真的好

晚上带老友去台北最好的海鲜餐厅,它的名字就不惭愧地叫"真的好"。

东西没辜负店名,但一点也不便宜,海中鲜嘛,自古以来都是贵的了。我们要了白灼虾来送酒,这道菜在香港到处都能吃到,在欧洲要找到那么鲜甜又用白灼的方式做的虾,就不容易了。

这里的蚬仔比我们午餐吃的大许多,腌制的方法更是一流,我们又连吞数碟。见玻璃池中有条很大的野生鳗鱼,问:"怎么煮?可不可以红烧?"店里只做烤的,或加药材煲汤,后悔要了后者,结果只吃出一口当归味。

大蚬则烤得刚刚打开,里面的肉甜得不得了。台湾人的煮法不如香港人的,烤却比香港人高明。

黄森和太太都说中午吃得太多,晚上少来一点,那么就来碟海鲜炒面吧,是用粗的黄色油面来炒的。台湾承继了福建传统,炒面生熟刚好,海鲜汁吸入油面之中,一流。

但来真的好不吃他们的粽子不行。这里包的是长条形状的,馅中有蛋黄、干贝、鱼和蚬,分量不大,吃上两三个不厌,买回家当手信亦佳。

这家店的另一道名菜是花条汤。花条就是弹涂鱼,别看它那么幼细,肉却不少,又极鲜美,用几条来煮汤,下点姜丝,好喝得不得了。用它烧烤也妙,可惜当晚不卖。

那就非吃澎湖丝瓜不可了。丝瓜这种蔬菜,别的产地的我一点也不觉好吃,但来自澎湖的,就名贵得当海鲜来卖了,甜美到你不能相信,下次你去一定要点。

真的好
地址:台北市复兴南路一段 222 号
电话:2-23942166

市场

再下来那几天我们还是吃、吃、吃,什么文化活动也没有。

早上去了上引海鲜市场。这种仿北海道的地方对我来说没吸引力，但带黄森来，他会喜欢，尤其是他那爱吃螃蟹的太太，干脆来只一个人抱不起的鳕场蟹，每一口都是肉。但他们依足日本的传统做法，将螃蟹煮熟后放进冰水中浸。一大早吃冷螃蟹，肚子会受不了的，下次你去，可以叫他们不必浸冰水。

虽然不喜欢上引，但我对它旁边的滨江市场最感兴趣。找到了那家杂货店买小小只的鱿鱼，那是用盐腌得极咸的，很美味，可惜当今的没有卵，较逊色。

我没吃蟹，到旁边小店去要了碗汤面暖暖胃，再来几颗大贡丸，又炒一个面、一个米粉，比鳕场蟹好吃得多。

上引海鲜市场
地址：台北市民族东路410巷2弄

购物

除了吃，还得购物。我在台北必买的有两种东西，一是袜子，梦特娇产品。有什么特别？一般的袜子是束在顶部的，我爱着的那对橡胶束在中间，穿起来非常舒服。可惜已停产，好东西不一定人人会欣赏。另一样就是拖鞋了。我在鼎泰丰老店对面的一个摊子，向一位姓蔡的太太一买就是数十年。这双纯天然的草拖鞋吸汗透气，穿着清凉舒适，没有其他货物可比。但容易穿破，一年总得换四五双，所以我一到台北必买上十几二十双返港。乘还买得到，快点去吧。蔡太太移动电话是 0956-168-928。

另一种乐趣是逛便利店。台北地皮没香港贵，便利店可以开得大一点，多数有个小凉亭让客人进食。大街小巷中必有一家便利店，里面卖的黑轮好吃，焗番薯甜得要命。

两顿晚餐

又到晚饭时间，这次非吃内脏不可了。不管珍妮花喜不喜欢，带黄森去一家叫"高家庄"的，这里卖的红烧猪肠简直是天下绝品，没吃过想象不出其美味，推荐各位去试试。店里其他美食有沙拉鱼卵、芥末软丝（即鱿鱼丝）、红烧肉和高家粉肝，把黄森吃得开心，珍妮花则闷闷不乐。

高家庄
地址：台北市中山区林森北路 279 号
电话：2-25678012

为了弥补，晚餐的第二顿带珍妮花去吃清粥小菜。记得在复兴南路有一家叫"无名子"的，餸菜极丰富。去了一看，里面空荡荡的，但隔几间的小李子则坐满客人。

为什么会有这种现象？一家出名的老食肆忽然失去顾客，而旁边的新餐厅，卖同样的东西，则是满座？依我的个性，一定去光顾没人那家。但餐厅失去客人一定有其已经不行的道理，不能扶弱济贫。到了小李子，食物果然样样新鲜美味，要了番薯粥、菜脯蛋、瓜仔肉、卤猪手和几种烫小菜，珍妮花吃得不亦乐乎，连我点的那碟清蒸臭豆腐也帮我吃个精光。这家店从下午五点开到翌日上午六点。

小李子
地址：台北市大安区复兴南路二段 142-1 号
电话：2-27092849

办桌

压轴的那餐是"办桌"，这种濒临绝种的宴客菜台南还有，台北就几乎绝迹了，一定得让黄森夫妇试试。但办桌菜得一早订好，我只有找到老友蔡扬名帮忙。他老家附近有一家，他光顾了多年，临时去也应该可以。那家果然给足面子，在厨师住宅的客厅中特地为我们办了一桌。

吃的东西有沙拉龙虾船、五味九孔、树子红鲟、富贵阉鸡、莲花白锅鱼、蹄髈鸡腰海鲜烩菜、鱼翅佛跳墙、明虾、春卷、芋泥枣、松茸清汤和应时水果。

菜样样精彩，一点也不偷工减料。这一顿怀旧菜吃得大家大乐。埋单，港币三千元多一点。十个人吃，吃不完的打了很多包被友人带走，真是便宜得很。

东宴美食馆
地址：台北市永和区成功路一段 114 号
电话：2-29216753

韩国欢宴

刚从济州岛回来,我在那里大啖韩国料理,不亦乐乎。

我对韩国菜是百食不厌的,尤其是他们的金渍(kimchi),种类之多,怎么吃也吃不完。当今人们发现金渍的酵素对人体有益,于是金渍在全世界大行其道,热爱健康的人更拼命追捧,也许会继韩国电视剧之后,再卷起一阵韩菜狂潮。

停了几天,又心痒痒,想起那一大碗的杂菜饭(bibimpa)。刚好银行高层友人冯小姐来电,说约了查先生夫妇、倪匡兄夫妇、阿苏师傅和他的友人爱美夫妇,连同名模Amanda S.(编者注:英语,阿曼达·斯特朗)和我,一共十人,在铜锣湾罗素街的伽倻韩国料理举行晚宴。我大喜,欣然赴约。

"查先生不是只爱吃上海菜的吗?辣的他吃不吃得惯?"我问冯小姐。

她回答:"这一餐是为了查太太,她最近猛追韩剧,愈来愈对韩国东西着迷。"

原来如此,这也好,有我这个韩国料理通来点菜,可以有更多的花样。韩籍经理前来,我向她叽里咕噜一阵说,对方一直点头,说:"耶,耶。"

那是"是,是"的意思,看不配音韩剧的人都听得懂。《大长今》里,皇后一命令宫女,她们都回答:"耶,妈妈。"

"韩国话你也会讲?"查太问。

我笑道:"只限于点菜而已,其他的一点也不通。"

人多,菜可以大叫特叫。我要了蒸牛肋骨、生牛肉、肥猪腩包生菜、海鲜汤、煎葱饼、杂菜饭、辣捞面等等。我平时不点烤肉,但查先生爱吃牛舌头,就再来一份烤的,还有烤牛肋骨、牛肉碎和记不清的一大堆。

菜还没上,桌面上已摆满免费奉送的小菜,有辣的,有不辣的。查先生不吃辣,查太太细心地叫了一碗温水,把辣菜冲了一冲,才夹给查先生吃。

人参鸡接着上。查先生说这道菜吃得惯,他很喜欢,我们才安心下来。

接着查先生和父亲是法国人的 Amanda S. 以法语交谈,那可不是点菜那么简单,但两人对答如流,轮到其他所有的人都听不懂。

金渍也分腌得久的和新鲜腌的。后者是在上桌之前把白菜烫了一烫，然后揉上大量的蒜蓉和辣椒酱，即吃即做的。阿苏师傅特别喜欢，一碟吃完还要另一碟。

"Hana toh。"我向韩籍经理说。

对方又是耶的一声退下。

"那是什么意思？"阿苏问。

"Hana，"我说，"发音像日文的'花'，是'一个'的意思。toh 发音像广东话的'多'，加在一起就是'多一个'。这句话很好用，到了夜总会，女伴不够，也可以说'hana toh'。"

大家听了都笑骂我好色。

黄鱼接着上，不是游水的，是用盐腌了一夜，由韩国空运来的。当今只有韩国才有真正野生的黄鱼，烤过之后散发出一阵阵的久未闻到的黄鱼味，吃得倪匡兄这位江浙人大乐。

冯小姐爱吃牛肉，对韩国的生牛肉情有独钟。这道菜的做法是把最上等的生牛肉切丝，拌以蜜糖、雪梨、大蒜和生鸡蛋，特别美味，比西餐的鞑靼牛肉好吃几倍。但是吃不惯的人还是居多，我把别人吃不完的那几碟拿来，又一下子扫光。

本来有一道菜是将卤猪脚切片后，包上生菜的，但我嫌有时猪皮还是太硬，改点了白灼五花腩来包。白灼五花腩是将五花腩用高汤来灼的，不逊台北三分俗气餐厅做的白玉禁脔。把一片生菜叶或紫苏叶摊开，肉放其中，上面放大蒜片、韩国辣酱和不可缺少的小鱼小虾酱（有点像南洋人做的chincharo），然后包起来一口咬下，甜汁流出，真是仙人食物。这道菜也再次证明了肉类和海鲜加起来特别美味，韩国人早明白这个道理。

"Hana toh, hana toh。"阿苏师傅已食了三四碟新鲜泡菜，还不断地向女侍说。

"请她们打包，给你带回去？"我问。

阿苏点头称好，但店里的人说其他泡菜可以打包，这是现做现吃的，不行。我哪听得下？向韩籍经理说："把辣酱和灼好的白菜分开包，回家后自己混在一起吃，不就行了吗？"

当然得逞。

饱饱，以为再也吃不下时，Amanda S.拿出两个自制的蛋糕宴客。

蛋糕水平很高，上回拍节目时倪匡兄吃了一口，就把整个捧回去，不让别人尝。这回他也大吃，虽然蛋糕做得不是太甜，但他也吃得有点口干,看到面前有一碗西红柿汤,就喝一口来中和,然后突然喷出来。

原来,他喝的,是查先生洗辣椒酱的水。